IRONIA

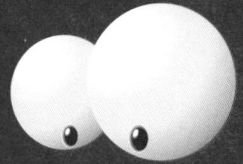

Todos nós somos seres dotados de peculiaridades; temos virtudes, defeitos e algumas características bizarras que, feliz ou infelizmente, fazem parte do nosso ser. Se pudesse presentear você, leitor, sem dúvida seria com a capacidade de aprender a rir de si mesmo. Aquele que olha com bom humor para si próprio torna-se apto a encontrar graça até na própria desgraça. "Ria, e o mundo rirá com você. Ronque, e dormirá sozinho".

IRONIA

frases soltas que deveriam ser presas

José Francisco de Lara

Compilador

CÓCEGAS
EDITORA

2014

© Copyright 2005 da compilação by José Francisco de Lara

Todos os direitos autorais da compilação reservados a José Francisco de Lara

CÓCEGAS EDITORA LTDA.
Rua Prof. Ewaldo Schiebler, 560
Curitiba – PR – CEP 82530-160
Tel. 41 3262-4402

Capa, projeto gráfico e diagramação
Cassio Meyer

Edição
José Francisco de Lara

Revisão
Elza Elvira Zucon

Dados internacionais de catalogação na publicação
Bibliotecária responsável: Mara Rejane Vicente Teixeira

Ironia : frases soltas que deveriam ser presas / José
Francisco de Lara compilador. – Curitiba :
J. F. de Lara, 2005.
208 p. ; 23 cm

ISBN 85-904802-1-6
Inclui bibliografia.

1. Humorismo. 2. Citações. I. Lara, José
Francisco de.
CDD (21ªed.)
808.87

TRÊS

pensamentos

para ajudar você a compreender o

verdadeiro espírito deste livro:

A ironia é uma forma elegante de ser mau.
Berilo Neves

A originalidade é a marca do gênio. Mas, para quem não pode almejar tanto, o cultivo do lugar comum bem aplicado, do provérbio usado em boa hora, também ajuda muito e, às vezes, até substitui o talento real. E, convém lembrar, o domínio do óbvio está ao alcance de qualquer um.
Millôr Fernandes

As melhores ideias são propriedades de todos.
Sêneca

DUAS

do Mário Quintana

que servem como um alerta:

A gente pensa uma coisa, acaba escrevendo outra e o leitor entende uma terceira e, enquanto se passa tudo isso, a coisa propriamente dita começa a desconfiar que não foi propriamente dita.

Quando alguém pergunta a um autor o que este quis dizer, é porque um dos dois é burro.

...portanto,
a partir de agora, preste muita
atenção:

O Brasil não pode dar certo. Um país onde prostituta se apaixona, cafetão tem ciúmes e traficante se vicia...
Tim Maia

Não importa o tamanho da crise, o brasileiro sempre mostrará os dentes – ou as gengivas.

Quem dá aos pobres paga o motel.

Brega é perguntar o que é chique. Chique é não responder.
Zózimo Barrozo do Amaral

É maravilhoso a gente possuir uma esposa. Sobretudo quando não se é casado.
Millôr Fernandes

Respeite a mulher do próximo. Principalmente se o próximo estiver muito próximo.

Hipocondria é a única doença que eu não tenho.
Oscar Levant

...era tão hipocondríaco que tinha duas solitárias.

Natal é a época do ano em que as famílias cristãs se reúnem para cortar uma árvore e matar um peru.
Ciro Pellicano

O que o mundo precisa é de mais gênios humildes. Hoje restam poucos de nós.
Oscar Levant

Às vezes eu tento ser modesto. Mas aí... começam a me faltar argumentos!
Muhammad Ali

Existem dois tipos de mulheres: as que são loucas por mim e as que não me conhecem.

Se tudo que é bom dura pouco, eu já deveria ter morrido há muito tempo.

Nós, os humildes, somos os melhores.
Citado pelo meu amigo Fabrício Costa Sella

Se eu fosse um pouquinho mais humilde, seria perfeito.
Ted Turner

É claro que eu sou metido. Se não fosse, seria o quê? Um proveta?

Eu não sou arrogante. Simplesmente sou melhor que você!

Eu não me amo, me invejo.

Frequentemente, tenho longas conversas comigo mesmo. E sou tão inteligente que algumas vezes não entendo uma palavra do que estou dizendo.
Oscar Wilde

Isso que você está aprendendo eu já esqueci.
Citado pela minha amiga Karla Catta Preta

Humildade:
Capacidade de parecermos apropriadamente encabulados quando explicamos às pessoas como somos maravilhosos.
Alfredo La Mont

Um homem cheio de si faz um volume muito pequeno.
Benjamin Franklin

"Status" é comprar uma coisa que você não quer, com um dinheiro que você não tem, para mostrar pras pessoas que você não gosta, um cara que você não é.

Aquele que se preocupa demasiadamente em aparentar ser dificilmente é.

Quando tentamos impressionar, provavelmente essa é a impressão que deixamos.
Bitz & Pieces

Entre um bom marketing pessoal e a arrogância não passa um fio de cabelo.
Victória Bloch

Grande é o homem que reconhece os seus erros, maior, porém, é o que silencia sobre os seus sucessos.

Parar de fumar é muito fácil. Eu mesmo já parei 5 ou 6 vezes!
Citado pelo meu amigo Rodrigo "Catatau"

O único benefício de fumar é repelir moscas e mosquitos, o que prova que não é preciso ser grande para ser inteligente.
Paul Sweeney

Dizem que maconha vicia. Eu não acredito. Tem um amigo meu que fuma há 25 anos e até hoje não é viciado!
Tim Maia

Fumo mas não trago. Quem traz é um conhecido meu.

Nunca tive problemas com drogas, só com a polícia.
Keith Richards

Sexo, drogas e rock and roll. Livre-se das drogas e terá mais espaço para os outros dois.
Steven Tyler

Fantasia sexual feminina:
Aos 17 anos – Olhos verdes e bonito.
Aos 25 – Olhos verdes, bonito e rico.
Aos 35 – Olhos verdes, rico e inteligente.
Aos 48 – Um homem com cabelos.

Para interromper a queda dos cabelos, nada melhor do que o chão.
Eno Teodoro Wanke

Sacaneando o calvo:
...você já tá careca de saber...

...é mais conhecido como "Maverick": na década de 70 até fazia sucesso; agora, só bebe e faz barulho.

Cabelo ruim é que nem assaltante: ou tá preso, ou tá armado.

Era tão racista que bebia uísque Black & White em copos separados.

Os racistas são uma raça desprezível.
Eno Teodoro Wanke

Sou fã das escurinhas, porque Deus… crioulas.

Cristão, católico apostólico romano, pagão, filho de Iemanjá. Sou o mais ecumênico dos ateus.
Carlos de Oliveira

Rezar é uma falta de fé: Nosso Senhor bem sabe o que está fazendo.
Mário Quintana

Todas as religiões são fundadas no medo de muitos e na esperteza de uns poucos.
Henri Beyle Stendhal

Cristão é o cara que crê em Cristo; carola é o que teme.
Adaptado de uma frase de Stanislaw Ponte Preta

A verdadeira religião é a vida que levamos e não o credo que professamos.
Louis Nizer

Não se apresse em perdoar. A misericórdia também corrompe.
Nelson Rodrigues

Não sou de guardar rancor. O médico que me deu um tapa quando nasci, por exemplo, já estou quase perdoando.
Eugênio Mohallem

Ir à igreja não faz você cristão mais do que ir à garagem faz de você um carro.
Laurence J. Peter

Fé demais não cheira bem.
Nome brasileiro do filme de Richard Pearce, "Leap of Faith"

Creio no Deus que fez os homens e não no Deus que os homens fizeram.
Alphonse Karr

E lembre-se: Jesus te ama, agora eu… te acho um bunda mole!

Um argentino estava sendo entrevistado na TV. Perguntaram-lhe:
– Qual a pessoa que mais admira?
– Dios!
– E por quê?
– Bueno, fue el quien me crió!

NA ÚNICA IGREJA DAQUELA CIDADE, na divisa do Brasil com a Argentina, chega o novo padre.
No domingo de manhã, a igreja estava cheia para a primeira missa, com argentinos e brasileiros, todos fraternalmente unidos, como bons povos "hermanos".
O novo padre começa o sermão:
— Irmãos, estamos aqui reunidos para falar dos fariseus, como esses argentinos que vieram assistir a esta santa missa.
O constrangimento é geral. Os argentinos se levantam imediatamente e saem com raiva do insulto proferido pelo sacerdote.
O prefeito vai imediatamente conversar com o religioso, tentando acalmar os ânimos:
— Padre, não faça isso, os argentinos são uma fonte de renda da cidade, eles gastam nas lojas, nos restaurantes, trazem divisas, ajudam a nos tornar mais prósperos.
O padre concorda em suavizar o discurso. No domingo seguinte, igreja cheia, faz um novo sermão:
— Irmãos, estamos aqui reunidos para falar de uma pessoa muito importante na Bíblia: Maria Madalena, aquela prostituta que tentou Jesus, como as argentinas que aqui estão.
Momentos de pânico. Maridos argentinos revoltados resolvem partir para agredir o padre. A turma do deixa-disso entra em ação, tentando acalmar os ânimos. As mães argentinas saem aos prantos, carregando suas crianças.
O prefeito mais uma vez procura intervir:
— Padre, o senhor não me disse que ia pegar leve? Entenda bem: se os argentinos se forem desta cidade, estamos falidos. Eu não queria chegar a este ponto, mas sou obrigado a dizer:

se o senhor não amansar o tom do discurso, vou escrever uma carta ao bispo e pedir a sua transferência para outra paróquia.

O padre diz que vai mudar. Na manhã do domingo seguinte, o prefeito, precavido, assiste à missa, mas mantém um batalhão da Polícia Militar de prontidão, para evitar selvageria e prender o padre, caso necessário.

Começa o sermão:

— Irmãos, estamos aqui reunidos para falar de um dos momentos mais importantes da vida de Jesus Cristo: a Santa Ceia...

O tema do sermão deixa o prefeito mais tranquilo. Parece que os problemas acabaram.

— Jesus, naquele momento, disse aos apóstolos: "Esta noite, um de vós irá me trair". Então, Paulo pergunta: "Mestre, serei eu?". E Jesus responde: "Não, Paulo, não será você". Pedro também questiona o Senhor: "Mestre, serei eu?". E Cristo responde: "Não, Pedro, não será você". Então, Judas pergunta:

"Mestre, soy yo?".

Paulo Tadeu

Qual é a diferença entre argentinos e terroristas?
Os terroristas têm simpatizantes.

O argentino fala para o pai:
– Papá, cuando yo crecer, quiero ser como usted.
–Y por qué? – pergunta o orgulhoso argentino.
– Para tener un hijo como yo.

Qual é o negócio mais lucrativo do mundo?
Comprar um argentino pelo que ele vale e vendê-lo pelo que ele pensa que vale.

O que nasce do cruzamento de um argentino com um cearense?
Um porteiro que se acha o dono do prédio.

O SUJEITO, ao saber que a querida sogra viria visitá-los, mandou cortar o rabo do cachorro. A esposa, indignada, pergunta:
– Mas querido, por que você fez isso?
– É simples. Quando a sua mãe chegar eu não quero ver nenhuma manifestação de alegria nesta casa!!!

Sogra deveria ter só dois dentes: um para abrir garrafa e outro pra doer o dia inteiro.

Genro é um homem casado com uma mulher cuja mãe se mete em tudo.
Barão de Itararé

Mistérios da vida familiar:
Como pode um genro que não presta para nada tornar-se o pai das crianças mais lindas e inteligentes do mundo?
Adaptado de uma frase de Luis Alberto López Mayer

Sogra não é parente. É castigo.

Feliz foi Adão que não teve sogra.

A sogra venenosa é o único réptil do mundo que vê novela e faz tricô.
Casseta e Planeta

Adoro a sogra da minha mulher.
Eduardo Doss

A SOGRA IDEAL é aquela que não mora tão perto que possa vir de chinelos e nem tão longe que possa aparecer com as malas.

Citado pelo meu cunhado Orlando Conceição, que sempre faz questão de dizer a todos que a minha mãe é a melhor sogra que "ele" tem.

Sogra ideal é aquela que mora uns sete palmos abaixo do chão.

Sogra: inferno a domicílio.
Vitor Caruso

Sogra! Tô fora. Filha! Tô dentro.

– Querido, o relógio da sala caiu da parede e por pouco não bateu na cabeça da mamãe.
– Maldito relógio! Sempre atrasado...

A pior punição da bigamia é ter duas sogras.

Com uma sogra dessas, eu é que não quero outra!!!
Citado pelo meu cunhado Orlando Conceição

Sogra é que nem cerveja: só é boa geladinha e em cima da mesa.

Se sua sogra é uma joia, nós temos a caixinha.
Funerária São José

Senhor, receba-a com a mesma alegria com que te mando.

Aqui jaz minha sogra: descanso em paz.

— Minha mulher fugiu com meu melhor amigo.
— E quem é esse filho da mãe?
— Sei lá! Só sei que agora é o meu melhor amigo.

Se você vai fazer alguma coisa errada, aproveite.
Provérbio iídiche

Apressemo-nos a sucumbir à tentação antes que ela se vá.
Epicuro

Um moralista é, quase sempre, um hipócrita; uma moralista é, invariavelmente, um bagulho.
Oscar Wilde

Bonitinha é uma mulher feia arrumada.

Ter ciúme de mulher feia é como colocar alarme em Fiat 147.

Quem come qualquer coisa está sempre mastigando.

Feia? Pra feia a coitadinha tinha que melhorar muito!

Não era feia. Era lazarenta de feia!

Quem gosta de beleza interior é decorador.

Dinheiro e mulher bonita só vejo na mão dos outros.

Algumas mulheres se acham tão lindas que, quando se olham no espelho, não se reconhecem.
Millôr Fernandes

Um dia a rosa encontrou a couve-flor e disse:
– Que petulância se chamar de flor! Veja sua pele áspera sendo que a minha é lisa e sedosa. Veja seu cheiro desagradável em comparação com o meu perfume sensual e envolvente. Veja seu corpo grosseiro, e o meu, delgado e elegante. Eu sim sou uma flor!
No que a couve respondeu:
– É, mas... ninguém te come, né?

Quando se ama uma mulher feia, pode-se amá-la cada vez mais, porque a feiura... só tende a aumentar.
Sacha Guitry

Marido de mulher feia acorda sempre assustado.

Parceiro feio é que nem pantufa: dentro de casa pode até ser confortável, mas na rua dá uma vergonha!!!
E-mail lido por Jô Soares, no "Programa do Jô"

Não há nada de errado com seu rosto que uma boa tijolada não possa melhorar.
Revista "Mad"

Deixemos as mulheres bonitas para os homens sem imaginação.
Marcel Proust

Mula perdida e mulher feia só quem procura é o dono.

Quem gosta de mulher feia é salão de beleza.

Não se gasta vela boa com defunto ruim. Mau defunto, pouca cera.
Citado por Paulo de Lara, meu avô

Mocreia:
Você tem que saber evitar!
Casseta e Planeta

UM HOMEM entra em casa correndo e grita para a mulher:
– Marta, Marta, arrume suas coisas. Acabei de ganhar na loteria!
– E você acha melhor que eu leve roupas de frio ou de calor?
– Leve tudo, você vai embora.

Sabe como se chama aquele pedaço insensível localizado na base do pênis?
Chama-se... "homem".

Por que é tão difícil achar homens bonitos, sensíveis e carinhosos?
Porque normalmente eles já têm namorados.

Homem é como orelhão. A cidade está cheia deles, só que 75% não funcionam e o restante está ocupado.

Qual a semelhança entre um homem e um espermatozoide?
Ambos têm uma chance em um milhão de se tornarem um dia seres humanos.

A mulher que não tem sorte com os homens não sabe a sorte que tem.

Sabe por que Deus privou as mulheres de senso de humor?
Para que elas pudessem amar os homens em vez de rir deles.
Pat Campbell

Se você fisgar um homem, o melhor que faz é devolvê-lo ao mar.
Gloria Steinem

Sabe qual é a ideia que os homens fazem sobre "preliminares"?
Meia hora de paquera.

— Mamãe, mamãe, o que é um orgasmo?
— Não sei, pergunte ao seu pai.

Os homens são como os relógios: uns se atrasam, outros se adiantam, poucos regulam bem.
Marquês de Maricá

O que os homens e as garrafas de cerveja têm em comum?
Ambos são vazios do pescoço pra cima.

Sabe por que a psicanálise é mais rápida para os homens do que para as mulheres?
Porque, quando dizem para eles voltarem à infância, eles já estão lá!

A mulher é capaz de fazer tudo que o homem faz, exceto xixi de pé, contra o muro.
Colette

Se um homem comete um erro, as pessoas dizem:
"Que cara distraído!".
Agora, quando esse erro é cometido por uma mulher, dizem mais ou menos assim:
"Essa mulherada é muito burra mesmo!".

Por que os homens gostam de mulheres inteligentes?
Porque os opostos se atraem.

Nunca subestime a capacidade de um homem de subestimar uma mulher.

Para conquistar o sucesso, a mulher profissional deve parecer uma mulher, comportar-se como dama, pensar como homem e trabalhar como um cachorro.

O que quer que as mulheres façam, devem fazer duas vezes melhor do que os homens para serem consideradas tão boas quanto eles. Felizmente, isso não é difícil.

Charlotte Whitton

O PRIMEIRO-MINISTRO BRITÂNICO, Winston Churchill, discursava na Câmara dos Comuns. Nancy Astor, a primeira mulher eleita para fazer parte daquela casa, levantou-se e interrompeu, furiosa:
— Winston, se você fosse meu marido, eu poria veneno no seu café!
Churchill não pestanejou:
— Senhora, se eu fosse seu marido, tomaria o café.

O bom senso das mulheres está colocado entre seus lábios. Logo que elas os abrem, escapa-se.
Provérbio curdo

Seguem alguns depoimentos comprobatórios desta teoria:

"Você é de Santa Catarina? Oba, mais um gaúcho no meu programa!"
Carla Perez

"A única coisa que me tira do sério é a injustiça. Principalmente contra quem não merece."
Tânia Alves

"A carreira artística é difícil porque tem muitas dificuldades."
Suzana Alves, a Tiazinha

Se houvesse um holocausto nuclear, qual casal (homem + mulher) você escolheria para preservar e multiplicar a raça humana?
Resposta:
"O Papa e a Madre Teresa de Calcutá."
Carolina Zuniga, durante o Miss Chile

"Eu vou intretenir vocês."
Luciana Gimenez, apresentadora de TV

A mulher, em geral, prefere ser bonita do que inteligente, porque sabe que o homem, em geral, tem mais facilidade para olhar do que para pensar.

Da mesma forma que encontramos frequentemente homens inteligentes acompanhados de mulheres burras, dificilmente encontramos mulheres inteligentes acompanhadas de sujeitos burros. Isso significa dizer que o julgamento da inteligência entre sexos é algo absolutamente relativo.

O inventor do silicone merece um busto em praça pública. Mas não o dele, é claro.
Fraga

Nem todos os peitos olham pra cima a vida toda.
Carla Camurati

Levantarei os caídos e oprimirei os grandes.
Sutiã

CONSOLANDO a despeitada:
"É das uvas pequenas que sai o vinho mais doce."

Yolanda I. Hatem

soneto triste da mulher de
PEQUENOS SEIOS

Ó, tábua, planície sem elevação
Que rouba o bom sorriso do sutiã
Ah, se fosse uma perinha, ou mamão...
Mas tem dimensão apenas de avelã.

Ó, retilíneo e uniforme torso,
De escassa ou quase nenhuma graça
Nem com augusto, imaculado esforço:
– Teu busto não se salva de "meia-taça".

Não chega a ser fulminante empecilho
Mas és diminuta nas lides do leito
Imperfeita para amamentar o filho.

Ó, mulher, teus seios pequenos enjeito.
Com a vênia do insosso trocadilho,
Tu só és, para mim, ...um amigo do peito.

Eduardo Mercer

Todo homem tem quatro grandes sonhos:
Ser tão bonito quanto a mãe acha que ele é, ter tanto dinheiro quanto o filho pensa que ele tem, possuir tantas mulheres quanto a mulher dele acha que ele possui e ser tão bom de cama quanto ele acredita ser.

Homens são como diplomas universitários: você leva um tempão para consegui-los e depois não sabe o que fazer com eles.

Marido é igual menstruação: quando chega, incomoda; quando atrasa, preocupa.

As mulheres são como o vinho: com o passar dos anos umas refinam o sabor, outras azedam. As que azedam geralmente é por falta de rolha!!!

Quanto mais conheço os homens, mais gosto das mulheres.
Barão de Itararé

Sou tão viciado em mulher que acendo uma na outra.

TODO FEMINISMO acaba com o primeiro pneu furado.

Superdotado é um homem com um Q.I. de 50.

Quando um casal demora muito para ter filho, ou o poço é muito fundo ou a corda é muito curta.
Citado por Paulo de Lara, meu avô

Para uma conversação picante são necessárias três mulheres: duas para falar e uma para servir de assunto.

Se você for chata, suas amigas a perdoam.
Se você for brava, suas amigas a perdoam.
Se você for egoísta, suas amigas a perdoam.
Agora, experimente ser magra e linda…

A amizade entre as mulheres é apenas uma suspensão de hostilidades.
Rivarol

Só há uma coisa na qual homens e mulheres concordam: nenhum dos dois confia em mulheres.
Henry Louis Mencken

Como confiar em um ser que sangra cinco dias e não morre?
Citado pelo meu amigo Washington Simões

Quando sou boa, sou muito boa, mas quando sou má, sou melhor ainda.
Mae West

O problema das mulheres é que elas se excitam com qualquer besteira. E acabam se casando com ela...
Cher, citada pela minha amiga Nara

Mulher não tira carteira de habilitação, tira porte de arma!

Sabe qual é a única certeza que podemos ter quando vemos uma mulher sinalizando com o braço pra fora de um carro? A de que ela está com o vidro aberto.

Por que são necessários milhões de espermatozoides para fertilizar um único óvulo?
Porque os espermatozoides são masculinos, portanto... se negam a perguntar o caminho!!!

A meleca é a melhor amiga do motorista solitário.
João Empolgação

Escrever humor é uma maneira engraçada de ganhar a vida!
Gene Shait

Eu tinha um encontro marcado comigo. Mas, graças a Deus, nenhum dos dois compareceu.
Fernando Sabino

Então ficamos assim: tudo certo e nada resolvido.

Não concordo, nem mesmo discordo, muito pelo contrário. Eu acho que o importante é o principal, o resto é secundário.

Seu pedido é um desejo.
Citado por Franco, vocalista da banda Black Maria

Eu cavo, tu cavas, ele cava, nós cavamos, vós cavais, eles cavam. Não é bonito, mas é profundo!

No fundo, no fundo, você acaba morrendo afogado.
Casseta e Planeta

Os últimos serão os primeiros e os do meio serão sempre os do meio.

Ainda bem que o mundo é uma bola, porque, se fossem duas, seria um saco.

Geralmente aqueles que não têm nada a dizer conseguem levar o máximo de tempo para fazê-lo.
James Russel Lowell

Seja breve, não importa quanto tempo isto leve.
Saul Gorn

Uma coisa é sempre totalmente diferente da outra, a não ser quando as duas se assemelham.
Jô Soares

É o "papo tijolo": quadrado e cheio de furo.

As coisas boas da vida são ótimas; em compensação as ruins são as piores.
Citado por Harry – "Big Brother III"

Seja obscuro com clareza.
E. B. White

Um bom ouvinte está geralmente pensando em outra coisa.
Kin Hubbard

Quem pouco fala tem muito a dizer.

O humorista vê o lado ridículo das coisas sérias e o lado sério das coisas ridículas.

Conhece algum filho de prostituta que se chame Júnior?

O peido é o grito de liberdade da merda oprimida.

Pode encomendar o espírito, porque este corpo... já era!!!

O grande drama do humorista é que ninguém o leva a sério.
Adaptado de uma frase de Eno Teodoro Wanke

Os visitantes dão sempre prazer, se não quando chegam, pelo menos quando partem.
Provérbio português

Comi, bebi, nada mais me prende aqui.
Novos ditos populares

Comida é bom, bebida é ótimo, música é admirável, literatura é sublime, mas... só o sexo provoca ereção.
Millôr Fernandes

Se você pensa que a melhor maneira de atingir o coração de um homem é pelo estômago, saiba que está mirando muito alto!

Arquiteto é um sujeito que pode melhorar o aspecto de uma casa velha falando do preço de uma nova.

Um arquiteto numa sala é um escritório de arquitetura; dois arquitetos numa sala é um atelier de decoração; três arquitetos numa sala… é uma comunidade gay.
Citado pelo meu irmão João Alberto de Lara, arquiteto e espada

A arte abstrata é um produto dos incompetentes, vendido pelos inescrupulosos e comprado pelos imbecis.
Al Capp

Um crítico é um sujeito que conhece o caminho, mas não sabe dirigir o carro.
Kenneth Tynan

Crítico:
Impotente que faz tudo para brochar os outros. Quando não consegue isso, pelo menos evita que tenham orgasmos.
Millôr Fernandes

Uma forma simples de exercer a profissão de crítico é dormir. Principalmente no teatro.
George Bernard Shaw

PERGUNTARAM AO DIRETOR de cinema Billy Wilder sua opinião sobre um novo filme.
"Só para dar uma ideia", disse, "ele começou às oito horas. Quando olhei no relógio, por volta da meia-noite, ainda eram oito e quinze!".

Earl Wilson

O crítico de rock é alguém que não sabe escrever, analisando gente que não sabe falar, para gente que não sabe ler.
Frank Zappa

A diferença entre uma crítica construtiva e uma destrutiva é simples: a primeira é a que se faz; a segunda, a que se recebe.
Frank Walsh

É mais fácil ser pedra que vidraça.

O problema é que a maioria dos homens prefere um elogio que os prejudica a uma crítica que os beneficia.
Norman Vincent Peale

Todos os bons remédios têm mau sabor; assim são os conselhos úteis: duros e amargos.

Não corrigir as próprias falhas é cometer a pior delas.
Confúcio

Para evitar filhos, transe com a cunhada. Se nascem, são sobrinhos.

Quando ouço as pessoas discutindo controle de natalidade, sempre me lembro que fui o quinto.
Clarence Darrow

Prefiro ser um pai quadrado do que ver minha filha redonda.

Mais virgindades já se perderam pela curiosidade do que pelo amor.
Filosofias da Máfia

Qual a semelhança entre um bolo queimado, uma cerveja estourada no congelador e uma mulher grávida?
Se tivesse tirado antes, não tinha acontecido.

As boas notas que um filho ganha na escola não compensam a boa nota que a escola tira do pai dele.
Fraga

Cultura enriquece. Pergunte aos donos de escolas!

Quando estava na faculdade eu era o "futuro do Brasil". Quando saí, me tornei um "problema social".

Diploma universitário: aquilo que não serve pra nada e ainda faz você perder a carteirinha de estudante.
Eugênio Mohallem

Se você acha que a educação custa caro, tente a ignorância!
Berek Bok

"Estrutor"

Xandy, cantor do grupo Harmonia do Samba e marido de Carla Perez,

respondendo à pergunta:

"O que tem em um spa que comece com a letra E?".

AS NOVE SENTENÇAS dispostas adiante são alguns trechos tragicômicos das redações feitas por estudantes que participaram do teste do ENEM.
Seguem, abaixo de cada uma, as respectivas análises referentes aos seus lamentáveis conteúdos.
Texto recebido pela internet

Precisa-se começar uma reciclagem mental dos humanos, fazer uma verdadeira lavagem celebral em relação ao desmatamento, poluição e depredação de si próprio.
Concordo: depredação de si mesmo é "oríveu".

O cerumano no mesmo tempo que constrói também destrói, pois nós temos que nos unir para realizarmos parcerias juntos.
Não conte comigo!

A natureza brasileira só tem 500 anos e já está quase se acabando.
Sem dúvida. Foi trazida nas caravelas, certo?

Tudo isso colaborou com a estinção do micro-leão dourado.
Quem teria sido o fabricante? Compaq? Apple? IBM?

...eles matam não somente os animais mas também os matança de aves peixes também precisam acabar ...os pequenos animalzinhos morrem queimados e asfixados.
Pelo menos esse infeliz tem bom coração!

O problema ainda é maior se tratando da camada Diozônio!
Eu juro que não sabia que a camada tinha esse nome tão bonito.

O que é interesse coletivo de todos nem sempre interessa a ninguém individualmente.
Entendeu...?

O sero mano tem uma missão...
A minha, por exemplo, é ter que ler esse tipo de coisa!

É um problema de muita gravidez.
Com certeza... se seu pai usasse camisinha não leríamos isso!

QUEM TEM IMAGINAÇÃO, mas não tem cultura, possui asas, mas não possui pés.

Joseph Joubert

A minha mãe era uma mulher que nasceu analfabeta...
Citado por Luiz Inácio Lula da Silva

Autodidata: ignorante por conta própria.
Mário Quintana

Quanto mais se aprende, mais se sabe. Quanto mais se sabe, mais se esquece. Quanto mais se esquece, menos se sabe. Então, para que aprender?

O inteligente irrita-se com a burrice. O sábio diverte-se.
Curt Goetz

A gente temos que se preocuparmos com o problema do aunafabetismo.
Casseta e Planeta

O pouco que sei devo-o à minha ignorância.
Sacha Guitry

Instruir um adolescente sobre os fatos da vida é como dar banho a um peixe.
Arnold H. Glasow

Até 13 anos eu pensava que o meu nome era "cale-se".
Joe Namath

Adolescência é a idade em que o garoto se recusa a acreditar que ficará tão cretino como o pai.

Há três maneiras de se conseguir que algo seja feito: faça-o você mesmo, contrate alguém para isso ou proíba seus filhos de fazê-lo.

Experiência é uma boa escola, mas as mensalidades são altas.
Heinrich Heine

Tão mão de vaca que não dava nem bom dia.

O avarento experimenta, simultaneamente, todas as preocupações do rico e todas as torturas do pobre.
Albert Guinon

A julgar pelo que sonega, a prisão de ventre é a pior dentre as avarezas.

De graça, até ônibus errado.
Citado por João A. de Lara

É melhor dividir o caviar com os amigos do que comer um prato de merda sozinho.
Citado pelo meu amigo Sílvio G. Fernandes

Comunista: um camarada que nada possui e está ansioso por partilhá-lo com os outros.

O dinheiro escraviza as pessoas. Sobretudo as que não o têm.
Fraga

O dinheiro é tudo. Ele é a fonte de todo o bem. Faz dentes mais claros, olhos mais azuis, amplia a dignidade individual, aumenta a popularidade, produz amor e paz espiritual e, quando tudo falha, paga o psicanalista.
Millôr Fernandes

O dinheiro não atura desaforo.

Se fui pobre não me lembro; não tenho nem foto!
Citado por Sílvio G. Fernandes

Eu não sou rico. Eu sou um pobre homem com dinheiro, o que não é a mesma coisa.
Gabriel García Márquez

Eu ando tão endividado que se eu chamar minha mulher de "meu bem" o banco toma ela de mim!

Antes de pedir dinheiro emprestado a um amigo decida de qual dos dois você precisa mais.

Quem empresta, adeus ….
Barão de Itararé

Um alerta:
Livro raro é aquele que é devolvido depois de emprestado.

A. Braithwaite

– PODE ME EMPRESTAR 500 paus até o dia do pagamento?
– O que você quer dizer com "dia do pagamento"?
– O dia em que vou te pagar!

Quem tem filho barbado é o bagre.
Citado pelo meu amigo Jefferson Murilo, o "Jé"

Promessa é dúvida.
Alberto Maduar

Que Deus te pague, porque eu… !?

Malandro sem trouxa não existe.
Citado por Mauro Singer

É melhor dar do que emprestar, e custa mais ou menos o mesmo.
Philip Gibbs

Se você empresta 20 dólares a alguém e nunca vê essa pessoa novamente, provavelmente valeu a pena.
Sam Ewing

Dinheiro é como água do mar: quanto mais você toma, maior é a sua sede.
Arthur Schopenhauer

Nada é bastante para quem considere pouco o que é suficiente.
Confúcio

Algum dinheiro evita preocupação; muito, atrai.
Confúcio

O HOMEM que não aprende a viver enquanto trabalha para enriquecer-se será mais pobre, uma vez rico, do que o era anteriormente.

John G. Holland

O dinheiro só se torna útil quando você se livra dele.
Evelyn Waugh

O dinheiro não pode comprar a felicidade, mas pode, com certeza, ajudar-nos a procurá-la nos melhores lugares.
David Biggs

Quando eu era pobre, chamavam-me louco; agora que estou rico, sou excêntrico.
Arthur Jones

Dinheiro compra tudo. Até amor verdadeiro.
Nelson Rodrigues

O dinheiro compra o cão, o canil e o abanar do rabo.
Millôr Fernandes

O homem que se vende sempre recebe mais do que vale.
Barão de Itararé

Pagando bem, que mal tem?
Citado por João A. de Lara

Vergonha é roubar e não poder carregar!

A ambição universal dos homens é viver colhendo o que nunca plantaram.
Adam Smith

Nós vivemos em uma época onde a pizza chega a sua casa antes da polícia.
Jeff Marder

O meio mais rápido de enriquecer da noite para o dia é roubar de madrugada.
Fraga

Não entendo como alguns escolhem o crime, quando há tantas maneiras legais de ser desonesto.
Al Capone

Há duas espécies de patifes: os que admitem ser e nós.
Millôr Fernandes

Cleptomaníaco: ladrão rico.
Gatuno: cleptomaníaco pobre.
Barão de Itararé

Pobre se engasga até com cuspe.
Adaptado de uma frase de Mário Quintana

POBRE PODE TER até obturação de ouro, mas quando abre a boca é pra falar "pobrema" e "táubua".

Miguel Falabella, no personagem Caco Antibes – programa "Sai de Baixo"

Pobre é que nem lombriga: quando sai da merda, morre.

Pobre vive de teimoso.

Rico tem veia poética; pobre tem varizes.

Pobre parado é suspeito; correndo é ladrão.

O dinheiro é como estrume, só serve bem espalhado.
Francis Bacon

Rouba dos ricos e dá aos pobres. Além de ladrão é gay!

Quem dá aos pobres cria o filho sozinha.

Imposto de renda na fonte: imposto que tira o supérfluo do insuficiente.
Millôr Fernandes

Todo imposto é ruim. Por isso chama-se imposto e não voluntário.
Fernando Henrique Cardoso

Minha vida se divide em duas metades: a primeira foi um esplendor; a segunda, contas a pagar.
Maria Pia Matarazzo

"Freelancer" é um desempregado metido à besta.

Trabalhar nunca matou ninguém, mas… por que se arriscar?

Se o horário oficial no Brasil é o de Brasília, por que a gente tem que trabalhar na segunda e na sexta?

As máquinas de fazer nada não estão quebradas.

Cabeça vazia, oficina do diabo.

Cada vez que eu indico alguém para um cargo, crio dez inimigos e um ingrato.
Molière

O número de pessoas que trabalham numa repartição é menos da metade.
Millôr Fernandes

O único lugar no mundo onde o sucesso vem antes do trabalho é no dicionário.
Vidal Sasson

O pássaro madrugador pode conseguir a minhoca, mas é o segundo rato que pega o queijo.
Steven Wright

Matar o tempo não é um assassinato: é um suicídio.
Bernard Berenson

Suicídio é uma solução permanente para um problema temporário.
Phil Donahue

O gênio é um por cento de inspiração e noventa e nove por cento de transpiração.
Thomas Alva Edison

Só chega na frente quem corre atrás.

Não há melhor momento do que hoje para deixar pra amanhã o que você não vai fazer nunca.

De bobo, só tem a cara e o jeito de andar.

Adoro o trabalho. Sou capaz de ficar horas simplesmente olhando para ele.
Robert Benchley

Esta é uma história sobre quatro pessoas: TODO MUNDO, ALGUÉM, QUALQUER UM e NINGUÉM. Havia um grande trabalho a ser feito e TODO MUNDO tinha certeza de que ALGUÉM o faria. QUALQUER UM poderia tê-lo feito, mas NINGUÉM o fez. ALGUÉM se zangou porque era um trabalho de TODO MUNDO. TODO MUNDO pensou que QUALQUER UM poderia fazer, mas NINGUÉM imaginou que TODO MUNDO deixasse de fazê-lo. Ao final, TODO MUNDO culpou ALGUÉM quando NINGUÉM fez o que QUALQUER UM poderia ter feito.

Delphina Petri

TRÊS FRASES pra facilitar sua vida:
Segura pra mim.
Já tava assim quando eu cheguei.
Bem pensado, chefe!!!

<small>Homer Simpson, aconselhando seu filho Bart</small>

O GERENTE CHAMA o empregado da área de produção, recém-admitido, e inicia o diálogo:
– Qual é o seu nome?
– Alceu – responde o negão.
– Olhe – explica o gerente – eu não sei em que tipo de espelunca você trabalhou antes, mas aqui nós não chamamos as pessoas pelo seu primeiro nome, porque isso seria muito familiar e levaria à perda de autoridade. Eu só chamo os meus subordinados pelo sobrenome, porque isso sim é saber colocá-los em seus devidos lugares. Só chamo meus funcionários de Ribeiro, Ferreira, Souza, Andrade, Teixeira, e assim por diante. E quero que a partir de agora você me chame de Sr. Mendonça, bem entendido?
O sujeito responde afirmativamente.
– Agora quero saber: qual é o seu nome completo?
O negão responde:
– Meu nome é Alceu Paixão.
– Tá certo, Alceu. Pode ir agora...

Autoria desconhecida – internet

Toda regra tem sua exceção. Uma frase que carrega sua própria contradição.
Millôr Fernandes

Chefe:
Aquele que vem cedo quando você chega tarde e tarde quando você chega cedo.

Gosto muito da palavra "indolência". Dá classe à minha preguiça.
Bern Williams

Está bem. Deus ajuda a quem madruga. Mas, e se a gente esperar o amanhecer no bar?
Millôr Fernandes

Pra quem é mole a vida é dura.

O preguiçoso está sempre prestes a fazer alguma coisa.
Marquês de Vauvenargues

Ninguém jamais morreu afogado em seu próprio suor.

Caranguejo que dorme a onda leva.

Se A é o sucesso, então A é igual a X mais Y mais Z. O trabalho é X, Y é o lazer, Z é manter a boca fechada.
Albert Einstein

O "capo" conta parte de seu plano para um, parte para outro, tudo para ninguém.
Filosofias da Máfia

O silêncio não comete erros.
Filosofias da Máfia

Um homem é um sucesso se pula da cama de manhã e vai dormir à noite e, nesse meio tempo, faz o que gosta.
Bob Dylan

Escolha um trabalho que você ame e não terá de trabalhar um único dia de sua vida.
Confúcio

Rico não é quem tem, é quem menos precisa.
Rolim Amaro

Para o sábio, o suficiente é abundância.

Comida de rico é caviar; comida de pobre é o que vier.

Ser pobre não é crime, mas ajuda muito a chegar lá.
Millôr Fernandes

Pobre, quando mete a mão no bolso, só tira os cinco dedos.
Barão de Itararé

O SALÁRIO MÍNIMO é como menstruação: vem todos os meses e acaba em quatro dias.

Alfredo da Silva Carmo

TENHO ENORME INDIGNAÇÃO SOCIAL. Mas noutro dia, verificando todos os problemas sociais do país, e dividindo minha indignação por eles, vi que o percentual de indignação que sobrava pra cada um era muito pequeno. Botei meu calção e fui pra praia.

Millôr Fernandes

A grande ironia da vida é que, quando consegue dinheiro pra ter um tremendo apartamento com quatro banheiros, o cara começa a fazer pipi nas calças.
Millôr Fernandes

Terceira idade é aquela em que a gente bota os óculos para ouvir o rádio.
José Simão

Idoso:
Aquele que, quando jovem, costumava ter quatro membros flexíveis e um duro. Agora... tem quatro duros e um flexível.

Dez anos atrás eu rachava uma pedra de gelo ao meio com o jato do mijo. Hoje, não empurro nem bola de naftalina.
Ary Barroso

Já sou bem mais velho do que fui há muito tempo, mas não tenho nem a metade da idade de quando tiver mais do dobro.
Millôr Fernandes

Adultos são crianças obsoletas.
Dr. Seuss

Aos 15 anos você viaja atrás de diversão. Aos 35, atrás de descanso. Aos 55, atrás dos 15.
Anúncio da revista Ícaro

Rugas são coisas do passado.
A. H. Hallock

Com a idade, as certezas vão ficando um tanto duvidosas.
João Cabral de Melo Neto

A velhice leva muitos anos para acontecer e poucos para terminar.
Fraga

Partir é morrer um pouco. Morrer é partir demais.
Millôr Fernandes

Mais vale chegar atrasado neste mundo, do que adiantado no outro.

Ninguém parte antes de chegada a sua hora. A não ser, é claro, quando o chefe sai mais cedo.
Martin Buxbaum

Chefes são como nuvens; quando desaparecem, o dia fica lindo!

A VIDA SEGUNDO CHARLES CHAPLIN:

"A coisa mais injusta sobre a vida é a maneira como ela termina. Eu acho que o verdadeiro ciclo da vida está todo de trás para frente. Nós deveríamos morrer primeiro e nos livrar logo disso. Daí viver num asilo, até ser chutado pra fora de lá por estar muito novo. Ganhar um relógio de ouro e ir trabalhar. Então você trabalha 40 anos até ficar novo o suficiente para poder aproveitar sua aposentadoria. Aí você curte tudo, bebe bastante álcool, faz festas e se prepara para a faculdade. Então você vai pro colégio, tem várias namoradas, vira criança, não tem nenhuma responsabilidade, se torna um bebezinho de colo, volta pro útero da sua mãe, passa seus últimos nove meses de vida flutuando e... termina tudo com um ótimo orgasmo! Não seria perfeito?"

Envelhecer não é tão catastrófico se considerarmos a alternativa.
Maurice Chevalier

Pijama, chinelo e televisão, em doses altas, representam perigo de morte em vida.
Maria Tereza Maldonado

Não é que eu tenha medo de morrer. É que eu não quero estar lá quando isso acontecer.
Woody Allen

Morrer é o que você nunca conta com, porque sempre acha que não vai já.
Millôr Fernandes

Quando uma pessoa de mais de 60 anos acorda sem nenhuma dor, provavelmente está morta.

É sábio quem vive cada dia como se fosse o último.
Marco Aurélio

É MELHOR viver 10 anos a 1000 do que 1000 anos a 10.
Lobão

A VIDA É PARA QUEM topa qualquer parada e não para quem para em qualquer topada.

Bob Marley

GASTE MAIS HORAS realizando que sonhando, fazendo que planejando, vivendo que esperando porque, embora quem quase morre esteja vivo, quem quase vive já morreu.

Sarah Westphal Batista da Silva

Conforme a vida que leva, um homem pode morrer velho aos 30 anos ou jovem aos 80.
Provérbio francês

O epitáfio de muitas pessoas deveria ser: "Falecido aos 30, sepultado aos 60".
Nicholas Murray Butler

Há homens que nascem póstumos.
Raul Seixas

A gente só leva da vida a vida que a gente leva.
Tom Jobim

Não paramos de nos divertir porque ficamos velhos; ficamos velhos porque paramos de nos divertir.

O supérfluo é uma coisa muito necessária.
Voltaire

A tragédia do homem é o que morre dentro dele enquanto ele ainda está vivo.
Albert Schweitzer

Para que levar a vida tão a sério se a vida é uma alucinante aventura da qual jamais sairemos vivos?
Bob Marley

Espero morrer aos 110 anos, assassinado por um marido ciumento.
Thurgord Marshall

Duas regras para se viver bem na velhice: primeira – não se preocupe com ninharias; segunda – tudo são ninharias.

Eu não tenho 50 anos, tenho 18 com 32 de experiência!
Steven Tyler

A experiência é um pente que a vida nos dá quando já não temos cabelo.
Judith Stern

A juventude não é uma fase da vida, é um estado de espírito.
Samuel Ullman

Viva todos os dias como se fosse o último. Um dia você acerta.
Luis Fernando Verissimo

Egoísta:
Uma pessoa de péssimo gosto, mais interessada nela própria do que em mim.
Ambrose Bierce

— Qual é o cúmulo do egoísmo?
— Eu sei, mas não vou te contar.
Rui – personagem de Luiz Fernando Guimarães em "Os Normais"

Você está um touro! Gordo e chifrudo.

Você não é gordo. Teu problema é a estatura. Com esse peso mais uns 40 centímetros, acredite, você estaria oh... no ponto!

Era tão molenga que não tinha "batatas da perna". Tinha purês.
Eno Teodoro Wanke

Cuide bem da alma, porque o teu corpo...
Citado po Fábio Bernartt, meu amigo "Catinha"

Dentro de toda pessoa gorda há uma pessoa delgada gritando para ser libertada.
Cyril Connolly

Fora de todo o gordo há um sujeito ainda mais gordo debatendo-se desesperadamente para entrar.
Kingsley Amig

Caminhar: primeiro passo para emagrecer.
Eduardo Mercer

Deixem os
GORDOS EM PAZ

Em duas semanas de regime
Perde-se apenas quatorze dias
Diminuir tantas calorias
É como pagar um grave crime
Ninguém vive de *petit pois!*
Deixem os gordos em paz.

Os vigilantes da boa forma
Desprezam o néctar dos quindins
A sagrada calda dos pudins
Vetados por esquálida norma
Chega de maçãs e araçás!
Deixem os gordos em paz.

Calculadores de calorias
Mancomunados com as balanças
Com suas fitas medindo panças
Proliferando anorexias:
Comer bem é algo que apraz
Deixem os gordos em paz.

Quantas calças já não servem mais!
Quanto esforço vão na bicicleta
Reta… subida… subida… reta…
Então um pedido a gente faz:
Nós juramos entrar em dieta
Mas deixem os gordos em paz.

Eduardo Mercer

COMI TANTO QUE não só a barriga estufou mas também meu umbigo já tá parecendo uma chupeta.

Adaptado de uma frase de Eno Teodoro Wanke

Um gourmet que se preocupa com calorias é como uma puta que olha para o relógio.
James Beard

O problema do gordo é basicamente um: quando ele penetra, não beija, e, quando beija, não penetra.
Tim Maia

Todo gordo mija pelo método braile.

A maneira mais fácil de ficar com um corpo malhado é contrair vitiligo.
Casseta e Planeta

Quando me dá vontade de fazer ginástica, deito e espero passar.
Neuzinha Brizola

Meu corpo é todo definido. Definido que vai ser essa merda mesmo.
Casseta e Planeta

Eu estou em forma. Afinal, redondo é ou não é uma forma?

O mundo se divide em dois tipos de pessoas: as simpáticas e aquelas que acham que você está um pouco mais gordinho.
Thomaz Souto Corrêa

O spa é o último degrau da dignidade de um gordo. É a sarjeta dos adiposos.
Casseta e Planeta

Meu animal preferido é o bife.
Fran Lebowitz

A parte mais difícil de fazer dieta é não tocarmos no assunto.
Gerald Nachman

Teu braço parece um poste: fino, comprido e fedendo a mijo de cachorro.

Tão magro que, quando usa terno preto, parece um guarda-chuva!
De Chantelli

Mostre-me uma mulher que quer ser magra apenas por razões de saúde e eu lhe mostro um homem que lê Playboy apenas pelas entrevistas.
Ellen Goodman

Mulher sem carne é como calça sem bolso; não tem onde colocar a mão.
Justine Espírito Santo

Estrada reta e mulher sem curva só dão sono.

Era magra como uma bicicleta.
Citado pelo meu amigo Eduardo Mercer

Tinha uma bunda que parecia uma aspirina: branca, achatada e com um risco no meio.

…é a "bunda peixe": escamosa e cheia de espinha.

O físico pode atrair, porém, só a beleza das qualidades morais e intelectuais pode prender.
Ivan Claret Marques Fonseca

Dinheiro na mão, calcinha no chão.

A diferença entre o sexo pago e o sexo grátis é que o sexo pago costuma sair mais barato.
Henry Louis Mencken

O lugar onde as mulheres ficam mais excitadas é o shopping.
Casseta e Planeta

Existem mulheres que a gente conquista com a beleza; existem mulheres que a gente conquista com uma palavra; existem mulheres que a gente conquista com um simples sorriso; existem mulheres que a gente conquista com um olhar.
Para todas as outras, existe MAST…

Para um bom entendedor, meia palavra basta. Entendeu …ecil?
Millôr Fernandes

Mulher é que nem moeda: ou é cara ou é coroa.

Mulheres são como piscinas: o seu custo de manutenção é muito elevado se comparado ao tempo que passamos dentro delas.

O sim mais caro do mundo o homem deposita na igreja: a mulher saca o resto da vida.
Leon Eliachar

Burro velho gosta de capim novo.

Pinto de velho é como gato de armazém: vive dormindo em cima do saco.

Homem velho e mulher nova, ou corno ou cova.

Apenas 10% das prostitutas caem na vida.
Millôr Fernandes

Todo amor é eterno. Se não é eterno, não era amor.
Nelson Rodrigues

As mulheres tentam a sorte; os homens arriscam a deles.
Oscar Wilde

Abra a boca e a carteira com cautela.
Filosofias da Máfia

A sabedoria consiste na antecipação das consequências.
Norman Cousins

Se um dia você sentir um vazio dentro de você, coma que é fome.

Sábio é o homem que conhece alguma coisa sobre tudo e tudo sobre alguma coisa. O mais sábio é aquele que estuda como se fosse viver eternamente e vive como se fosse morrer amanhã.

Especialista é uma pessoa que sabe mais e mais de cada vez menos e menos.
Nicholas Murray Butler

A grande invenção polivalente de Deus foi o pato. Ele anda, nada e voa. E faz tudo isso mal demais.
Rolim Amaro

A sabedoria é a qualidade que nos impede de nos metermos em situações em que iríamos precisar dela.
Doug Larson

Foi preso totalmente nu, embora achasse que estava coberto de razão.
Anco Márcio

...é que nem batom na cueca; por mais que a gente queira, não tem como explicar.

Citado por Sílvio G. Fernandes

Se você é capaz de sorrir quando tudo deu errado, é porque já descobriu em quem pôr a culpa.

Thomas Jones

Se a culpa é minha, eu ponho em quem eu quiser.

Citado por Karla Catta Preta

Há três coisas que sempre me esqueço: rostos, nomes e a terceira... não me lembro!

Ítalo Svevo

NO CONSULTÓRIO MÉDICO:

– Doutor, estou com um problema. Minha memória não é mais a mesma.
– Mas, meu filho, me diga, há quanto tempo você está com esse problema?
– Que problema, doutor?

Como diria Jack Estripador, vamos por partes.

Pensando morreu um burro.

Pense grande. Você já ouviu falar em Alexandre, o Médio?
Propagandas Inteligentes

Bom mesmo é ser dono de sex shop. Você pode dizer ao seu cliente: agora pegue suas coisas e vá se foder... e o cara ainda sai feliz!!!

Profissional:
Onde se ganha o pão, não se come a carne.
Citado por Eduardo Mercer

...o negócio está de pé...

Japão:
Grandes empresas, pequenos negócios.
Casseta e Planeta

De nada adianta ter barriga de tanquinho se a torneira for pequena.

UM JAPONÊS entra em um ônibus na rodoviária do Tietê em São Paulo e diz para o motorista:
— Olha, eu estou indo só até Taubaté, mas como este ônibus está indo para o Rio de Janeiro e eu estou muito cansado, temo não acordar e passar do ponto, de forma que eu gostaria que o senhor me acordasse quando chegarmos a Taubaté.
— Não tem problema, pode ficar tranquilo que eu te acordo.
— Tem mais uma coisa – disse o japonês – quando eu acordo fico muito, mas muito mal humorado, de modo que, caso eu xingue, brigue ou ofenda o senhor, recusando-me a descer, não me leve a mal e, se for preciso, pode até me jogar pra fora do ônibus, contanto que eu desça em Taubaté.
— Pode deixar comigo, diz o motorista.
Só que, quando o japonês acorda, para sua surpresa, dá logo de cara com o Corcovado. Enfurecido, levanta-se e parte pra cima do motorista, esbravejando e xingando-o de tudo que é palavrão.
Um passageiro, vendo tal cena, comenta com o colega ao lado:
— Puxa, mas que japonês nervoso!
Ao que o outro retruca:
— Nervoso? Isso não é nada! Você tinha que ver o outro japonês que o motorista pôs pra fora do ônibus lá em Taubaté…

Autoria desconhecida – internet

O cara tava mais perdido que filho de prostituta no dia dos pais.

...tá mais por fora que surdo em bingo.

...mais sério que guri cagado.

Existem três tipos de pessoas:
As que sabem contar e as que não sabem.

Você sabe qual é o contrário de volátil?
Vem cá, sobrinho.

Minissaia é que nem cerca de arame farpado: cerca a propriedade, mas não tapa a visão.

Toda generalização é perigosa. Inclusive esta.
Alexandre Dumas Filho

Tudo na vida muda; até "surda-muda"!

Pimenta no dos outros é refresco.

Passarinho que come pedra sabe o cu que tem.
Ditado pernambucano

O corcunda sabe o lado que se deita.
Citado por Dionísio Filho

A dança é a expressão vertical de um desejo horizontal.
George Bernard Shaw

As dez cantadas do conquistador falido:

"Com licença, mas... qual é a cantada que funciona melhor com você?"

"Você acredita em amor à primeira vista ou vou ter que passar aqui de novo?"

"Mesmo não sendo seu aniversário, você está de parabéns!"

"Sei que você não está esperando o ônibus, mas... tá no ponto!"

"Você cheia de curvas e eu sem freio."

"Sou a pessoa contra quem seus pais a preveniram."

"Essa sua roupa ficaria linda amassada no chão do meu quarto."

"Sabe o que ficaria bem em você? Eu."

"Bonito sapato. Quer transar?"

"Me chame de gaveta e me desarrume todo."

Mulher é que nem macarrão: a gente enrola, enrola, enrola e...

O elementar e a estressadinha:

— Desculpe, não nos conhecemos de algum outro lugar?
— Claro! É por isso que eu não vou mais lá!

— O que eu teria que fazer pra conquistar este coraçãozinho?
— Cirurgia plástica, lavagem cerebral e uns seis meses de malhação.

— Oi, o cachorrinho tem telefone?
— Tem. Por que, sua mãe está no cio?

Nunca esqueço um rosto, mas, no seu caso, vou abrir uma exceção.
Groucho Marx

Seus olhos são como o mar, me enjoam.

Os argumentos dados por uma linda boca são irrefutáveis.
Joseph Addison

Passado de certas mulheres e cozinha de restaurante, se você conhecer, não come.
Citado por Washington Simões

A última mulher que andou na linha o trem pegou.

UM SUJEITO resolve comprar um animal de estimação. Ele entra numa loja e seu olhar se detém num pequeno papagaio sentado (sim, sentado!) num puleiro de uma gaiola. O papagaio não tem patas! O sujeito exclama:
– O que é que aconteceu a este papagaio?
O papagaio responde:
– Eu nasci assim. Sou um papagaio defeituoso.
– Haha! Muito boa! – diz rindo o sujeito – Dá até para acreditar que foi o papagaio quem disse isso! Onde está o ventríloquo?
– Sou eu mesmo quem falou – responde a ave – Sou um pássaro muito inteligente, com educação e cultura esmeradas.
– Ah é? Nesse caso, me diga como é que você se mantém nesse puleiro, já que você não tem patas?
– Bem – explica o papagaio – é um tanto embaraçoso, mas já que o senhor está pedindo... Eu enrolo meu pênis como um gancho em volta da barra horizontal. É assim que me seguro. O senhor não pode vê-lo porque está escondido embaixo de minha plumagem.
– Quer dizer que você entende e pode responder a tudo que eu lhe perguntar?
– Claro. E falo também inglês, francês e alemão. Posso manter conversações em português e em todas essas línguas com razoável competência, sobre praticamente qualquer assunto: política, religião, esportes, física, química, artes, filosofia... e sou particularmente bom em ornitologia. O senhor deveria me comprar, sou uma companhia muito agradável.
O sujeito vê o preço numa etiqueta: R$ 2.000.

– Infelizmente não tenho como, é muito caro.
– Calma! – sussurra o papagaio – Ninguém me quer porque não tenho patas. Tenho certeza de que, se o senhor oferecer R$ 200, o dono da loja fecha na hora.

O sujeito oferece R$ 200 e, efetivamente, o dono aceita. Semanas se passam. O papagaio é sensacional. Ele é divertido, interessante, entende de tudo, dá conselhos ótimos. O sujeito está deslumbrado.

Um dia ele volta do trabalho e o papagaio sussurra:
– Olha, eu não sei se deveria lhe contar... Mas é a respeito da sua mulher e do zelador.
– O quê? – estranha o sujeito.
– Bem – conta o papagaio – quando o zelador tocou a campainha de manhã, sua mulher atendeu. Ela estava apenas de camisola transparente e o beijou na boca.
– E o que aconteceu depois?
– O zelador entrou e fechou a porta. Ele arrancou a camisola e começou a beijá-la. Começou pelos seios e foi descendo, devagarinho.
– E o que mais?
– Aí ele a sentou no sofá, abriu as pernas dela e então...

O papagaio dá uma pausa. O dono se impacienta:
– E depois? O que aconteceu? Vamos, conta!
– Aí eu já não sei mais. Fiquei excitado e caí do puleiro!!!

Autoria desconhecida – internet

Chifre é igual a consórcio: quando você menos espera, é contemplado.

Mulheres são como traduções. As bonitas não são fiéis e as fiéis não são bonitas.

George Bernard Shaw

Não existe família sem adúltera.

Nelson Rodrigues

Mulher bonita é que nem melancia: impossível comer sozinho.

O homem chifrado por uma mulher feia é mais corno do que os outros.

André Birabeal

A fidelidade obriga o ser humano a ser falso.

Eliane Giardini

O casamento é a única sentença perpétua que é suspensa por mau comportamento.

Louisville Times

O amor é como um piano. As mulheres são o teclado. Não é possível tocar uma grande sinfonia numa tecla só!

Galeão Coutinho

Num casal há fatalmente um infiel. A existência de uma vítima é inevitável. É preciso trair para não ser traído.

Nelson Rodrigues

O adultério é a democracia aplicada ao amor.
Henry Louis Mencken

No adultério, há pelo menos três pessoas que se enganam.

Como se chama uma mulher que sabe onde o seu marido está todas as noites?
Chama-se viúva.

Se um dia a pessoa que você ama lhe trair e você pensar em se jogar de um prédio, lembre-se: você tem chifres, não asas!!!

Nove dentre dez cornos fizeram por onde.

Uma boa greve de sexo consegue qualquer coisa, inclusive um belo par de chifres!

Estudos comprovam que a posição sexual que os casais mais praticam é a de cachorrinho: o marido senta e implora; a mulher rola e se finge de morta.

Como se chama a doença que paralisa as mulheres da cintura pra baixo?
Chama-se casamento.

O cão fica vira-lata quando passa fome em casa.
Citado pelo meu amigo Ney Lucyano

Nada como uma boa dose de outra mulher para fazer um homem apreciar mais sua esposa.

Problemas com o seu relacionamento amoroso?
Abra uma filial e a matriz certamente prosperará.

Alguns homens amam tanto suas mulheres que, para não gastá-las, preferem usar as dos outros.

A mulher que teve a infelicidade de se casar com um corno só pode se consolar dormindo com todo mundo.
Sacha Guitry

A melhor defesa contra os traidores é a traição.
Filosofias da Máfia

Todo marido tem a infidelidade que merece.
Zelda Popkin

O homem é um ser tão dependente que até pra ser corno precisa da ajuda da mulher.

Água morro abaixo, fogo morro acima e mulher quando quer dar... ninguém segura.
Provérbio paulista

BOTOU A MÃO NO FOGO pela fidelidade da esposa. Hoje, seu João Maneta é figura estimada por todos da cidade.
Anco Márcio

Esse é o "corno ateu": leva chifre e não acredita.

Unicórnio: marido semienganado.
Eno Teodoro Wanke

Chifre é que nem dente: só dói enquanto cresce.

Quando um homem casa, ou trai sua natureza ou trai sua mulher.
Guime Davidson

Homem não trai, distrai-se.

A mulher, sem chifre, não passa de um pobre animal indefeso.

Honestidade é a chave de um relacionamento. Se você for capaz de fingi-la, tá dentro!
Mônica – personagem de Courtney Cox, em "Friends"

O que as mãos não pegam, aplaudem.
Citado por Daniel Medeiros

Ciúme é o único vício que não dá nenhum prazer.

É melhor ser ocasionalmente enganado do que permanentemente desconfiado.
B. C. Forbes

Quando uma mulher foge com o amante, não abandona seu marido, apenas o liberta de uma infiel.
Sacha Guitry

Se seu parceiro pedir mais liberdade, compre uma corda mais comprida.

Nem todas as mulheres gostam de apanhar, só as normais.
Nelson Rodrigues

A mulher deve ser tratada como uma rainha. Mas, numa relação, sempre chega o momento em que ela provoca, ela testa o sentimento masculino, e procura saber até onde o homem chegaria. Vamos que a mulher de repente vire-se para o homem e diga: – "Você não é homem!". Se, nesse momento, ele a esbofetear, evidentemente essa bofetada não será uma humilhação. Mas se ele não reagir, ela ficará atrozmente decepcionada.
Nelson Rodrigues

Nunca se deve bater em uma mulher – ela pode se apaixonar!

Se tiver que bater em alguém quando ficar zangado, cuidado para que esse alguém não seja você mesmo.
Filosofias da Máfia

A vida é curta demais para vivê-la ao lado de um filho da mãe.
William Bernbach

Um homem tem em média cerca de 30 kg de músculos e apenas 1,5 kg de cérebro – o que explica muita coisa.

Lavar a honra com sangue suja a roupa toda.
Stanislaw Ponte Preta

Antes ser covarde por um momento que morto pelo resto da vida.
Provérbio irlandês

Quem se curva aos opressores mostra a bunda aos oprimidos.

A última palavra em matéria de heroísmo continua sendo "SOCORRO"!
Fraga

Hoje corajoso, amanhã na sepultura.
James Howell

Se eu dou um tiro neste infeliz, perco a bala!
Citado pela minha amiga "Dona Miriam"

Herói é uma das profissões mais curtas que existem.
Will Rogers

Nada nos humilha mais do que a coragem alheia.
Nelson Rodrigues

Nunca se deve bater em um homem caído, a não ser que se tenha certeza de que ele não vai levantar.
Millôr Fernandes

Não há nada pior do que a crueldade do bom. Nas suas maldades excepcionais, o bom é capaz de invadir um berçário e chupar o sangue das criancinhas como groselha.
Nelson Rodrigues

Metódico é um sujeito que só compra uma briga depois de verificar cuidadosamente se o seu orçamento comporta o preço.
Eno Teodoro Wanke

Nos momentos de perigo é fundamental manter a presença de espírito embora o ideal fosse conseguir a ausência do corpo.
Millôr Fernandes

A melhor proteção é ficar fora do alcance do perigo.
Filosofias da Máfia

O sacrifício é uma virtude sempre admirável. Nos outros.
Enrique Jardiel Poncela

Alguns são tidos como corajosos só porque tiveram medo de sair correndo.
Provérbio inglês

A diferença entre o maluco e o corajoso é que o corajoso tem medo.

O sonho de um careta é a realidade de um maluco.
Bob Marley

A psicanálise é o ponto de encontro entre os profissionais da maluquice e os malucos sem fins lucrativos.
Millôr Fernandes

O masoquista para o sádico:
– Me bate, vai, com força…
O sádico para o masoquista:
– Não. Nananananão.

…o mais normal tomava sopa com garfo.

O neurótico constrói um castelo no ar. O psicótico mora nele. O psiquiatra cobra o aluguel.
Jerome Lawrence

Todos me odeiam porque acham que sou paranoico.

O psicótico diz que dois e dois são cinco. O neurótico diz que dois e dois são quatro e odeia isso.

Neurastenia é doença de gente rica. Pobre neurastênico é malcriado.
Barão de Itararé

Ir ao psicanalista é pagar para lembrar coisas que pagaríamos para esquecer.
Maria Antonieta Milani e Silva

Uma hora de bar vale mais que 10 horas de terapia.

No hospício, o doido, sentado num banquinho, segura uma vara de pescar mergulhada num balde de água.
O médico passa e pergunta:
– O que você está pescando?
– Otários, doutor.
– Já pegou algum?
– O senhor é o quinto.

É preciso ser louco para se pôr nas mãos de um psicanalista.
Sofocleto

É melhor falar a língua dos loucos do que viver na mórbida coerência dos lúcidos.

A única diferença entre um louco e eu é que eu não sou louco.
Salvador Dali

Paciente:
— Doutor, ninguém fala comigo!
Psiquiatra:
— Próximo!

Relatado por Martha Kramer

Tinha tanto medo de tomar uma posição que, quando rezava, pedia: "Nos dai hoje o pão nosso de cada dia que o diabo amassou".

Millôr Fernandes

Ele é tão indeciso que sua cor favorita é o xadrez.

Mary Alice Altorfer

Eu costumava ser indeciso, agora já não estou tão certo disso.

Hoje é um bom dia para tomar decisões firmes. Ou não?

A diferença entre ele mastigando e um boi ruminando está no ar distinto e no olhar inteligente do boi.

Adaptado de uma frase de Stanislaw Ponte Preta

É um cara com os pés no chão. Com os quatro.
Adaptado de uma frase do ex-ministro da Fazenda Mailson da Nóbrega

Pra burro só falta o chifre: quer dizer, o coitado pode estar completo e a gente nem sabe!

Invejo a burrice, porque é eterna.
Nelson Rodrigues

Algumas mulheres usam a altivez para esconder a burrice.
Stanislaw Ponte Preta

Como se distrai uma loira por algumas horas?
Escreva: "Vire, por favor" nos dois lados de uma folha de papel e dê a ela.

Certa vez, um pensamento conseguiu invadir o seu cérebro.
E descobriu, então, o verdadeiro significado da palavra ...
"SOLIDÃO"

Adaptado de uma frase de Eno Teodoro Wanke

Conselho:
Quando o seu Q.I. chegar a 30, venda.
Cacá Rosset

A pior coisa do mundo é um burro com iniciativa.
Paulo Maluf
Críticas sobre esse comentário, enviar para o e-mail maluf@masfaz.

O mundo se divide entre os que acham e os que não sabem onde botaram.
Millôr Fernandes

Você tem de prestar muita atenção se não souber para onde está indo, porque... você pode não chegar lá!
Yogi Berra

Durante toda a minha vida quis ser alguém. Descubro agora que deveria ter sido mais específica.
Jane Wagner

Não sou um completo inútil. Ao menos sirvo de mau exemplo!

Errar é humano, mas para se fazer uma monstruosa cagada é preciso um computador.

O computador deve estar com um problema de BIOS – Bicho Ignorante Operando o Sistema.
Citado pelo meu amigo Luis Alcântara

O lado positivo de se cometer um erro consiste na alegria que proporciona aos outros.
The Lion

Jovem, o futuro do Brasil está em tuas mãos. E não adianta lavar.
Fraga

Passarinho que engorda na gaiola voa baixo.
Provérbio mineiro

Viver no exterior é bom, mas é uma merda. Viver no Brasil é uma merda, mas é bom.
Tom Jobim

Acordem e progresso.
Carlito Maia

No Brasil, até cu tem que fazer bico pra sobreviver!
Adaptado de "O Planeta Diário"

A situação está sob controle. Só não sabemos de quem.
Mário Covas

No Brasil, não se pratica filantropia – se pratica pilantropia.
Stephen Kanitz

Brasil? Fraude explica.
Carlito Maia

O Brasil corre o risco de ficar obsoleto antes de ficar pronto.
Claude Lévi-Strauss

Para as avós, não interessa pra onde o Brasil vai. O importante é que ele não esqueça de levar um agasalho e o guarda-chuva.
Casseta e Planeta

Mulher de 40 é que nem chuchu na cerca: meio sem graça, meio sem gosto, mas se você não cuida, o vizinho vai lá e come!

Citado pela minha amiga "Beth"

Numa sociedade igualitária e sexualmente liberada, quem traça as velhas?

Adaptado de uma do Millôr

Galinha velha não dá bom caldo.

Não se pode ter confiança numa mulher que nos diz sua verdadeira idade. Uma mulher capaz de dizer isso será capaz de dizer qualquer coisa.

Oscar Wilde

Mulheres de certa idade não têm idade certa.

Barão de Itararé

Pode falar, minha boca é um túmulo. Sente só o cheiro...

Meia-idade é quando se começa a trocar emoções por sintomas.
Irvin S. Cobb

As mulheres entregam-se a Deus quando o diabo não quer mais nada com elas.
Grant Allen

Uma pessoa promíscua é alguém que faz mais sexo que você.
Victor Lownes

Mais vale uma coroa "pilha nova" que um moço "pinto mole".
Sargenteli

Nada é mais potente contra o amor do que a impotência.
Samuel Butler

Quando foi botar a camisinha, o bichinho pensou que era uma touca e queria dormir!

MORREU um dos sócios do Clube dos Impotentes: hastearam a bandeira a meio pau.

Anco Márcio

Tinha problema de impotência e usou remédio pra calo; diz que o pinto ficou duro três dias, secou e depois caiu.

Frustração é quando você pela primeira vez não consegue dar a segunda. Desespero é quando pela segunda vez você não consegue dar a primeira.

Fogo eu não tenho, só tenho entusiasmo.

Louvado seja Deus que meia hora depois dá ereção de novo.
Millôr Fernandes

Orgasmo é como ônibus. Você perde um e, já, já, vem outro.
Patricio Bisso

O esperma não é apenas um líquido gosmento, mas sim... lágrimas de um pinto apaixonado.

De todos os inquilinos, o espermatozoide é o que mais sofre. E sabe por quê? Mora lá na casa do cacete, o apartamento é um ovo, o prédio é um saco, os vizinhos são uns pentelhos, o vizinho de trás só faz merda e, quando o proprietário fica duro, bota todo mundo pra fora!!!

Tinha uma bundinha pra cima, do tipo "mamãe, me limpa!".
Rui – personagem de Luiz Fernando Guimarães em "Os Normais"

A menina tinha bunda de urso e braço de tia.
Citado por Washington Simões

Mijou sentado e não é sapo, tô dentro!

Nasci careca, pelado e sem dente. O que vier é lucro!

Pra quem está afundando, jacaré é tronco!

O que é bom a gente traça e mostra; o que é ruim a gente só não mostra.

A melhor comida é aquela que está à mesa.

Pra todo chinelo velho existe um pé cansado.
Citado por Rodrigo Pereira, meu amigo "Perinha"

Toda panela tem sua tampa.

Se você não encontrar a sua metade da laranja, não desanime.
Procure-a na metade de um limão, adicione açúcar, gelo, vodka, e... seja feliz!!!

Bebo para tornar as outras pessoas interessantes.
George Jean Nathan

Qual a diferença entre homens e porcos?
Porcos não viram homens quando bebem.

Não tenho vícios. Só bebo e fumo quando eu jogo.

Se for pra morrer de batida, que seja de limão!

90% do meu salário eu gasto em bebidas. Os outros 10% são do garçom.

Mal por mal, prefiro o de Alzheimer ao de Parkinson: é melhor esquecer de pagar a cerveja do que derrubar ela toda no chão!

É bom deixar a bebida. O problema é não se lembrar onde!

A abstinência é uma boa coisa, desde que praticada com moderação.

Abstêmio:
Sujeito fraco que se rende à tentação de negar um prazer a si próprio.
Ambrose Bierce

O álcool, tomado com moderação, não oferece nenhum perigo, mesmo em grandes quantidades.
Millôr Fernandes

...é o bêbado "Miojo": três minutinhos e já fica "cuzido".
Citado por Patrícia da S. Lopes, minha amiga "Pati"

Tanto bebeu para esquecer que acabou tendo que fazer um tratamento contra amnésia.
Eno Teodoro Wanke

Todo mundo precisa crer em algo. Creio que vou tomar outra cerveja.
Groucho Marx

Cerveja: é o sonho de toda revista.

24 horas no dia, 24 cervejas numa caixa. Coincidência!!!

O melhor amigo do homem é o uísque; o uísque é o cachorro engarrafado.
Vinícius de Moraes

Quem é você para dizer que não gosta de uísque? O uísque é que não gosta de você!
Jaime Ovalle

UM HOMEM ENTROU NUM BAR e pediu três doses de uísque. Bebeu depressa, uma depois da outra. Quando terminou a última, pediu mais três. O funcionário do bar disse:
– Isso não lhe faz bem, sabe.
– Eu sei – respondeu o homem – especialmente com o que eu tenho.
– O que é que o senhor tem? – perguntou o garçom.
– Só um real.

Andy Rooney, "Tribune Media Services"

BEBENDO COM DUAS PESSOAS, você não deve beber mais do que a que bebe mais, nem menos do que a que bebe menos. Assim a que bebe mais não te achará um sórdido abstêmio nem a que bebe menos um bêbado inveterado. Ambas as conotações irão da que bebe menos para a que bebe mais e da que bebe mais para a que bebe menos. No meio – do copo – está a virtude.

Millôr Fernandes

O álcool é capaz de grandes metamorfoses. Ele pode fazer você ir pra cama com a Malu Mader e acordar com a Erundina, por exemplo.

Adaptado de uma do Casseta e Planeta

Todo mundo vê os uísques que eu tomo, mas ninguém sabe dos tombos que eu levo.

Nunca dormi com mulher feia, mas tenho acordado ao lado de várias.

Mensagem publicitária em uma cerveja da Noruega: "Ajudando as feias a fazerem sexo desde 1862".

Na realidade, basta um drinque para me deixar mal. O problema é que eu nunca sei se é o 13º ou o 14º.

George Burns

Eu bebo pouco, mas o pouco que eu bebo me transforma em outra pessoa, e essa pessoa sim, bebe pra cacete!!!

Depois da tempestade vem a enchente.
E-mail lido por Jô Soares, no "Programa do Jô"

Quem ri por último é retardado.
Anco Márcio

Em terra de cego, quem tem um olho nunca é visto.
Milton Lisanti

É dando que se engravida.
E-mail lido por Jô Soares, no "Programa do Jô"

Quem com ferro fere não sabe o quanto dói!
E-mail lido por Jô Soares, no "Programa do Jô"

A pressa pode até ser inimiga da perfeição, mas a ejaculação precoce também produz bonitos filhos!
Adaptado de uma do Millôr

Rosas são vermelhas, o céu é azul, alguns poemas rimam, mas não esse.

O pior cego é o surdo.
Nelson Rodrigues

Quarenta e três por cento das estatísticas não servem pra nada.
Dale Kriebel

Segundo uma pesquisa recente pela Academia Internacional de Pesquisas Incompletas, nove em cada dez pessoas.
Linguorian

O economista Walter Heller diz que a palavra média pode provocar grandes confusões, particularmente quando usada por um estatístico. Exemplo do Dr. Heller: "Se um homem ficar com um pé num fogão quente e com o outro num congelador, o estatístico dirá que, em média, ele está numa situação confortável."
Leonard Lyons

Hipótese é uma coisa que não é, mas a gente faz de conta que é só pra ver como seria caso ela fosse.

O começo é mais do que a metade do todo.
Horácio

O mundo está cheio de indiferentes, mas eu não ligo.

Levanto tão cedo que, só pra você ter uma ideia, o galo da minha rua quem acorda sou eu.
Citado por Louro José

Mais vale um burro que me carregue do que um cavalo que me derrube.
Barto Lacerda, citado pela minha amiga Célia

Equilíbrio é aquilo que se perde antes de cair.
Luís Felipe de Almeida Alexandre

O que importa é o que interessa.

Um homem se despenca por uma mulher que se disPuta.

As mulheres perdidas são as mais procuradas.

Como é difícil se livrar de uma mulher fácil!

Tem duas coisas que eu não suporto: mulher gelada e cerveja quente.

Sentimentalmente, ela era tão quente quanto uma mulher inflável. Sexualmente, a inflável era melhor.
Paulo Mayr Cerqueira

...é a mulher laranja lima: não tem gosto de nada.

Beleza não põe mesa. Fica melhor na cama.
Eno Teodoro Wanke

Ultimamente, a única coisa que eu tenho levado pra cama é essa gripe que não me larga!

<small>Adaptado de uma frase citada por Sônia Braga</small>

Teorias da relatividade:

Alegria de poste é estar no mato sem cachorro!

Em casa de caçador, chifre é troféu.

Tudo é relativo. O tempo que dura um minuto depende de que lado da porta do banheiro você está.

A previsão do tempo é de péssimos meteorologistas para as próximas horas, com mancadas esparsas de norte a sul.
Fraga

Curitiba é uma cidade tão boa, mas tão boa que até o inverno vem passar o verão aqui!
Citado pelo meu amigo Zé

Meteorologista é um sujeito que semeia ventos e colhe dias belíssimos.
Millôr Fernandes

Relógio que atrasa, não adianta.
Jorge Medaur

Abuso de poder: eis um campo onde não faltam autoridades no assunto.
Fraga

Não faça na vida pública aquilo que você faz na privada.

Dono de cartório de protesto é uma espécie de cafetão da desgraça alheia.
Stanislaw Ponte Preta

Quando é que vão ensinar a justiça a ler em braile?
Eno Teodoro Wanke

Estão fazendo muita coisa em nome da lei. Inclusive vítimas.
Fraga

Nossos legisladores, ressabiados, legislam pisando em ovos. Do povo.
Millôr Fernandes

O que os presidentes não fazem com suas esposas, acabam fazendo com o país.
Mel Brooks

No Congresso, toda piada é uma lei, toda lei é uma piada.
William Rogers

Isto sim é que é Congresso eficiente! Ele mesmo rouba, ele mesmo investiga, ele mesmo absolve.
Millôr Fernandes

Democracia é quando eu mando em você, ditadura é quando você manda em mim.
Millôr Fernandes

Liberdade é passar a mão na bunda do guarda.

No Congresso, um homem se levanta, fala e não diz nada. Ninguém escuta. Depois, todo mundo discorda.
Leonard Lyons

Cada um se defende como pode. Cachorro morde. Boi chifra. Deputado vota contra.
Paulo Heslander

Ser presidente é como administrar um cemitério. Há um monte de gente embaixo de você, mas ninguém escuta!
Bill Clinton

Um bom político é tão inconcebível quanto um ladrão honesto.
Henry Louis Mencken

A única diferença entre o político e o ladrão é que o primeiro a gente escolhe e o segundo escolhe a gente.

Quem se deita com cães amanhece com pulgas.
Sêneca

Dize-me com quem andas e te direi quem és… na presença do meu advogado.
"O Planeta Diário"

Feliz foi Adão que não tinha advogado.
"O Planeta Diário"

Advogado é aquele profissional sério, ético e confiável cuja primeira atitude profissional é dar calote em restaurante.
Eugênio Mohallem

A diferença entre um pernilongo e um advogado é a seguinte: um deles é um parasita que suga todo o seu sangue, o outro… é só um inseto.

Quais são as três perguntas que os advogados fazem com mais frequência?
1. Quanto dinheiro você tem?
2. Onde você pode conseguir mais?
3. Você tem alguma coisa que possa vender?

Advogado:
Sujeito que salva os vossos bens dos inimigos e os guarda para si.

99% dos advogados dão ao resto uma má reputação.
Steven Wright

Sabe qual o problema com os advogados?
Alguns pensam que são Deus, os outros... têm certeza!!!

Os advogados são pessoas cuja profissão é mascarar os fatos.
Sir Thomas Moore

Advogado:
Essa classe de pessoas só se dedica a fomentar a mentira; só é eloquente contra a justiça e sábia para a falsidade.
São Bernardo de Claval

Papo de advogado:
"O orifício circular corrugado, localizado na parte ínfero-lombar da região glútea de um indivíduo em alto grau etílico, deixa de estar em consonância com os ditames referentes ao direito individual de propriedade."
Traduzindo:
"Cu de bêbado não tem dono."

"Das duas, uma: ou o nobre colega está repetindo o que não me canso de dizer ou eu não concordo em absoluto com uma só palavra do que diz."
Millôr Fernandes

— Você está tentando mostrar desprezo por esta Corte?
— Não, meritíssimo, estou tentando escondê-lo!
Wilson Mizner

O bom advogado conhece a lei. O melhor, conhece o juiz!

A palavra "ética" na boca de um advogado soa mais ou menos como "amor" na boca de uma prostituta.
Adaptado de uma frase de Ralph Waldo Emerson

UMA PESSOA DIRIGE-SE A UM ADVOGADO, o mais caro da cidade:
– Eu sei que o senhor é um advogado caro, mas por mil reais posso lhe fazer duas perguntas?
O advogado responde:
– Claro! Qual é a segunda?

Donaldo Buchweitz

Lá vai ela...
Um japonês que tem o pênis cortado pela esposa ciumenta deve recorrer ao Tribunal de Pequenas Causas?
Casseta e Planeta

O Brasil é governado por quatro poderes: Executivo, Legislativo, Judiciário e aquisitivo.
Eugênio Mohallem

Advocacia é a maneira legal de se burlar a justiça.

A lei é como uma cerca. Quando é forte, a gente passa por baixo. Quando é fraca, a gente passa por cima.
Heráclito

Advogado – forma larval de um político.

Quando um político diz "sim", quer dizer "talvez"; quando diz "talvez", quer dizer "não". Se disser "não", não é político.
Muy Interesante

Diplomata é alguém que lhe diz vá à merda, de um modo tal que você fica ansioso para começar a viagem.

TANCREDO NEVES, ao dizer que campanha eleitoral era "uma luta para machos" e ser acusado de machista por uma deputada:
"Não é nada disso, minha filha. Macho é hoje uma palavra unissex."

Para gozares de boa reputação, dá publicamente e rouba em segredo.
Josh Billings

O segredo dos negócios feitos em segredo é o próprio segredo.

Olha aí, ô meu! Dignidade é feito virgindade: perdeu, tá perdida. Não dá segunda safra.
Millôr Fernandes

Política é a arte de arrancar dinheiro dos ricos e votos dos pobres, com o pretexto de protegê-los uns dos outros.
Muy Interesante

Os políticos são como fraldas. Devem ser trocados constantemente. E pela mesma razão.

Estabeleça prioridades: se está cercado de jacarés, a primeira providência é drenar o pântano.
Filosofias da Máfia

Eu achava que a política era a segunda profissão mais antiga. Hoje vejo que ela se parece muito com a primeira.
Ronald Reagan

O político brasileiro é um sujeito que vive às claras, aproveitando as gemas e sem desprezar as cascas.
Barão de Itararé

TANCREDO NEVES em campanha eleitoral:
"Torço pelo Atlético, embora tenha grande simpatia pelo Cruzeiro, pelo América e pelos demais times da capital… assim como por todos do interior da nossa querida Minas Gerais."

Manchete do jornal:
**DEPOIS DE PRIVATIZAR,
GOVERNO VAI PUXAR DESCARGA.**

"O Planeta Diário"

Quem tem 16 anos vai às urnas como vai ao shopping center.
Ed Motta, aos 17 anos

Os maus governantes são eleitos pelos bons cidadãos que não votam.
George Jean Nathan

Agora eu vou votar nas prostitutas. Cansei de votar nos filhos delas!

Eu não sou teimoso. Teimosos são aqueles que teimam comigo.
Antônio Carlos Magalhães

Persistência é a teimosia com propósito.
Richard DeVos

Criticamos a teimosia, mas louvamos a persistência. A primeira é uma das características de nosso vizinho, enquanto a outra, uma de nossas qualidades.
Boletim do Conselho Nacional de Iuca

Eu sou firme; você é obstinado; ele é teimoso como uma mula.
Bertrand Russell

De vez em quando, aguente um idiota; você pode descobrir algo de valor. Mas nunca discuta com ele.
Filosofias da Máfia

O imbecil, que só tem uma ideia, incapaz de raciocinar, é, forçosamente, um homem de grande convicção.
Millôr Fernandes

Não sejas como as mulheres que, após ouvirem a voz da razão por horas a fio, repetem a primeira palavra que disseram!
Schiller

Se você quer liberdade de escolha, só há uma opção:
Truevision Inc

Ou estou certo, ou estou com a razão.

Bom senso:
Qualidade das pessoas que pensam como nós.

Achei que estava errado uma vez, mas eu estava enganado.
Lee Iacocca

Para mim a humanidade se divide em dois grupos: os que concordam e os equivocados.
Graciliano Ramos

Como você ousa olhar para mim com este tom de voz?
Patti Putnicki

Tão revoltado que se morasse sozinho era capaz de fugir de casa.

As coisas que as pessoas mais querem saber nunca são da conta delas.

George Bernard Shaw

Nariz é essa parte do corpo que brilha, espirra, coça e se mete onde não é chamada.

Millôr Fernandes

É claro que eu acredito em você, Pinocchio.

Você acha que, se eu tivesse duas caras, estaria usando essa?!!!

Por mais que você ame a verdade, sempre acabará dando umazinha por fora com a mentira.

Millôr Fernandes

A verdade é que todo mundo mente.

Sofocleto

Aprenda uma coisa: apenas metade das mentiras que dizem sobre mim são verdadeiras.

Adaptado de uma frase de Sir Boyle Roche

…e pra quem duvida, temos aqui ao meu lado este cidadão que não me deixa mentir. Pelo menos não me deixa mentir sozinho!

Quem diz a verdade não precisa de boa memória.
Mark Twain

A mentira é uma verdade que esqueceu de acontecer.
Mário Quintana

Esta frase é mentirosa. A frase anterior é verdadeira.
Paradoxo de Epimênides

Um pouco de inexatidão economiza às vezes toneladas de explicações.
Saki

É mais fácil pegar um mentiroso que um coxo, sobretudo se o mentiroso for aleijado.
Barão de Itararé

Uma meia verdade é uma mentira completa.

Pose para foto:
Faz cara de imbecil. Perfeito, não mexe, assim mesmo, tá ótimo...

Só não é um idiota perfeito porque ninguém é perfeito.

O maior prazer de um homem inteligente é bancar o idiota diante de um idiota que se acha inteligente.

É melhor calar-se e deixar que as pessoas pensem que você é um idiota do que falar e acabar com a dúvida.
Abraham Lincoln

É falta de educação calar um idiota e crueldade deixá-lo prosseguir.
Benjamin Franklin

O sábio raramente diz o que sabe. Agora, o tolo sempre diz o que não sabe!

Até um imbecil passa por inteligente se ficar calado.

Eu não sou tão idiota como você parece.

Não reclama, não: quando um cara quer te fazer de idiota é porque encontrou o material.
Millôr Fernandes

Une-te aos bons e serás um deles. Ou fica aqui com a gente mesmo!

Dizem que ele está lento, mas tão lento que, quando vai jogar basquete, arremessa a bola na cesta e acerta só no sábado...
Milton Neves, em conversa com Parreira no programa Super Técnico, referindo-se ao jogador Dunga – ano 2000.

Deixe sempre a bola correr em campo; a bola não tem pulmão.
Dadá Maravilha

Se concentração ganhasse jogo, o time da penitenciária não perdia um.
João Saldanha

Vamos fazer o feijão com arroz. Se puder botar um ovo, tudo bem.

É como diz o Zagalo: que empate o melhor!
Casseta e Planeta

O Sócrates é invendável, inegociável e imprestável.
Vicente Matheus, eterno presidente do Corinthians, ao recusar a oferta de um time francês.

Clássico é clássico e vice-versa.
Jardel

O que faz um atleticano depois de fazer amor?
Paga.

Coxa-branca fresco = playboy
Atleticano fresco = gay

Um bom ataque ganha o jogo; uma boa defesa ganha o campeonato.
Ênio Andrade, técnico Campeão Brasileiro pelo Coritiba em 1985, citado por Walmir Gomes – Programa Mesa Redonda.

Hei! Atleticano: quem nasce na "baixada" nunca chega no "alto da glória".
Obs: essa frase caducou em dezembro de 2001, mês em que o Atlético Paranaense tornou-se também Campeão Brasileiro.

A sorte existe. O que mais poderia explicar o sucesso de nossos concorrentes?
Ken Matejka

Ganhar é fácil. O difícil é ser um vencedor.
Jaqueline

A alegria de quem ganha aumenta a tristeza de quem perde.
Célio Devenat

Contra olho gordo, colírio dietético.

A inveja é uma confissão de inferioridade.
Philarete Charles

A inveja é a falta de fé em si mesmo.
Máxima árabe

O invejoso chora mais o bem alheio do que o próprio dano.
Quevedo

Hei! Se for atingido nas costas por uma pedra, não fique triste. É sinal de que você continua na frente.

A vida não é um conto de fadas. É um conto de fatos.
Henri Jeanson

A mulher só é feliz, só se realiza e só existe como mulher no amor. Ou a mulher ama e se realiza pelo amor ou, então, é um macho mal-acabado.
Nelson Rodrigues

As mulheres são feitas para serem amadas, não para serem compreendidas.
Oscar Wilde

Amor de noite não amanhece.

O amor é não sei o quê, que vem não sei de onde e acaba não sei como.
Melle de Scudéry

…amar, amar e amar. Pois amar… que vem pra bem.

Amar é ser fiel a quem nos trai.
Nelson Rodrigues

O primeiro sinal de amor é o último de bom senso.
Antoine Bret

A mulher aceita o homem por amor ao casamento; o homem tolera o matrimônio por amor à mulher.
Cid Cercal

Casamento é suportar o humor diurno e o odor noturno.

Amor:
Aquilo que começa com um príncipe beijando um anjo e termina com um careca olhando para uma mulher gorda.

O casamento põe fim a uma porção de curtas asneiras – e começa uma única longa estupidez.
Friedrich Nietzsche

O amor é um sonho e o casamento, um despertador.

Se o sonho acabou, coma a doceira.

Sabe-se que a lua-de-mel acabou quando uma rapidinha antes do jantar passou a significar uma birita.
Fran Lebowitz

O casamento é uma cerimônia em que dois se tornam um, um se torna nada e nada se torna suportável.

Ambrose Bierce

A diferença entre um relacionamento amoroso e a prisão é que na prisão eles deixam você jogar futebol durante os finais de semana.

Bobby Kelton

Em briga de casal, quando um não quer os dois brigam.

Flávio Conti

Quando um homem e uma mulher se casam, tornam-se um só. A primeira dificuldade é decidir qual deles.

Henry Louis Mencken

A tragédia começa quando os dois acham que têm razão.

Shakespeare

Duas pessoas casadas, vivendo juntas dia após dia, é, sem dúvida, o milagre que o Vaticano ignorou.

Bill Cosby

Deus, dai-me sabedoria para compreender meu marido, porque se o Senhor me der força, eu bato nele até não aguentar mais!!!

Para seu marido não acordar com a macaca... depile-se!!!

HARRY TUGGEND, EXPLICANDO seu casamento de mais de 40 anos:
"É uma questão de compatibilidade. Nós dois gostamos de brigar."

Casamento:
Uma comunidade composta de um senhor, uma senhora e dois escravos, perfazendo, ao todo, dois.
Ambrose Bierce

Casamento não é o paraíso nem o inferno; é apenas o purgatório.
Abraham Lincoln

Um juiz me casou. Eu deveria ter pedido um júri.
Groucho Marx

O casamento vem do amor, assim como o vinagre do vinho.
Lord Byron

O fardo do casamento é tão pesado que precisa de dois para carregar — às vezes três.
Alexandre Dumas

Quando uma garota se casa, está trocando a atenção de muitos homens pela desatenção de um só.
Helen Rowland

Mona Lisa. Ela tem o sorriso de uma mulher que acabou de jantar com o marido.
Lawrence Durrell

Dizem que os homens inteligentes são os melhores maridos. Que tolice! Os homens inteligentes não se casam...
Barão de Itararé

Sabe o que significa voltar para casa à noite e encontrar uma mulher que lhe dá amor, afeto e ternura? Significa que você entrou na casa errada, só isso.
Henny Youngman

Muitas vezes, a diferença entre o sucesso e o fracasso no casamento vem da capacidade de, duas a três vezes por dia, calar-se em vez de falar.
Harlan Miller

Em certos momentos falar é prata e calar é ouro.

Quando se zangar, feche a boca e abra os olhos.
Filosofias da Máfia

Não falo com a minha esposa há quase um ano. Sabe como é que é, detesto interrompê-la...

Antes do casamento, o homem voltará à casa dele e ficará acordado pensando em algo que você disse. Depois de casar-se, adormecerá antes que você termine de falar.
Helen Rowland

O casamento é uma conversação vitalícia na qual a mulher fala demais e o homem escuta de menos.

Ela é o ar que eu respiro. Quer dizer, fundamental, mas nem presto atenção.
Millôr Fernandes

"Eterno" em amor tem o mesmo sentido que "permanente" no cabelo.
Millôr Fernandes

O amor abre o parêntese; o casamento fecha-o.
Victor Hugo

Se todos conhecessem a intimidade sexual uns dos outros, ninguém cumprimentaria ninguém.
Nelson Rodrigues

Tarado é o homem que depois de 30 anos de casado ainda transa com a mulher.

A mulher ideal é sempre a dos outros.
Stanislaw Ponte Preta

Casar é como ir a um restaurante com amigos. Você pede seu prato preferido e, quando vê o que seu amigo pediu, percebe que gostaria de ter comido aquilo.

A imaginação é o terror da rotina.
Eno Teodoro Wanke

Só um débil mental pode casar-se na presunção de que o casamento é divertido, variado ou simplesmente tolerável. O casamento é divertido como um túmulo.
Nelson Rodrigues

Tem cara que acerta a Mega Sena e ainda quer jogar no bicho.

A grama do vizinho é sempre mais verde.

Quão maravilhosas as pessoas que não conhecemos bem!
Millôr Fernandes

Mulher pequena é a ideal: dos males o menor!

Quando os maridos, por darem alimento, abrigo, roupa e educação para a família, receberem tantos elogios e atenções quanto o cachorro recebe por trazer o jornal para dentro de casa, então haverá menos divórcios no mundo.

Esposa:
Pessoa amiga e companheira que está sempre ao seu lado para te ajudar a resolver os grandes problemas que você não teria se fosse solteiro.

Só descobri o que era verdadeiramente a felicidade depois que me casei. Só que aí... já era tarde demais.

No casamento você gasta o dobro e se diverte a metade.
L. A. Dias da Silva

Um homem bem sucedido é o que faz mais dinheiro do que sua mulher pode gastar. Uma mulher bem sucedida é a que encontra esse tipo de homem.
Lana Turner

O casamento é uma maneira muito cara de ter suas roupas lavadas de graça.

Os solteiros deveriam pagar mais impostos; não é justo que alguns homens sejam mais felizes que outros!
Oscar Wilde

Um casamento começa a ir pro brejo quando você passa a engolir tantos sapos que sequer consegue comer a pererecra.

— Eu era um idiota quando me casei com você.
— É verdade. O problema é que eu estava tão apaixonada que nem percebi...

O casamento é a maior causa do divórcio.
Groucho Marx

Há mais no casamento do que quatro pernas nuas sobre um lençol.
Robertson Davies

Muitos homens apaixonados por umas covinhas cometem o erro de casar-se com a moça inteira.
Stephen Leacoock

Não há mal que sempre dure nem bem que nunca se acabe.

O amor chega sem ser pressentido e sai fazendo aquele quebra-quebra.
Millôr Fernandes

Casamento é igual à Avenida Paulista: começa no "Paraíso" e termina na "Consolação".

Casal feliz é o que vive separado.
Barão de Itararé

A mulher começa resistindo aos avanços do homem e termina bloqueando sua retirada.
Helen Rowland

Am you all they she you.
Tradução: Ame-o ou deixe-o.

É muito fácil passar uma mulher pra trás; difícil mesmo é passá-la pra frente.

A mulher mais feliz do mundo é a namorada do Saci. Ela sabe que, se levar um pé na bunda, quem se fode é ele.

Não podíamos viver juntos: eu tinha defeitos terríveis e ela qualidades insuportáveis.
Mirabeau

Reatar relações com ex-mulher é que nem ler o jornal de dois ou três anos atrás.
Citado pelo meu amigo Eduardo Pupo

Você não sabe nada a respeito de uma mulher até que a encontre num tribunal.
Norman Mailer

A freira fugitiva sempre fala mal do convento.
Filosofias da Máfia

Pior que a mulher da gente, só a ex-mulher da gente...
Citado pelo meu irmão Paulo L. de Lara Júnior

Uma ex-mulher é para sempre.
João Fernando Camargo

No começo era "meu bem"; depois... meus bens.
Citado por "Joinha"

Casamento: começa em motel e termina em pensão.
Citado por Ciro Pellicano

Pagar pensão à ex-mulher é como servir feno fresco a um cavalo morto.
Groucho Marx

Não há nada mais ecológico do que um homem separado, uma vez que 27% dos seus ganhos vão para o leão, 25% para as piranhas e 33% para a pensão da jararaca, sobrando só 15% para o burro.
Pérola processual extraída de um recurso de apelação no foro de Sobral-CE

O amor é como o capim: você planta, ele cresce... aí vem uma vaca e acaba com tudo!

Adão comeu a maçã de Eva e nós é que, ainda hoje, estamos com dor de barriga.
Inconformação húngara

COMO SATISFAZER UMA MULHER:

Acaricie, massageie, suporte, sorria, estimule, console, abrace, excite, proteja, seduza, ligue, corresponda, antecipe, perdoe, sacrifique-se, assessore, mostre-se igual, fascine, seja solidário, respeite, encante, defenda-a, faça planos, mime, nine-a, faça serenata, banhe-se, perfume-se, barbeie-se para ela, elogie, surpreenda, confie, acredite, ajude, reconheça, seja gentil e educado, atualize-se, aceite, presenteie, peça, escute, entenda, leve-a a qualquer lugar bonito, seja paciente, mate por ela, morra por ela, participe dos sonhos dela, prometa, entregue-se, comprometa-se, sirva, salve, prove, agradeça, dance, olhe nos olhos, escove, seque, dobre, lave, passe, guarde, cozinhe, idolatre, ajoelhe-se e... diga que a ama todos os dias.
P. S.: Talvez não dê certo.

COMO SATISFAZER UM HOMEM:

Traga uma cerveja. Venha pelada.

E ainda dizem que os homens é que são complicados!!!

Autoria desconhecida – internet

QUANTAS MULHERES NA TPM são necessárias para se trocar uma lâmpada?
Uma. E você sabe por que só uma? Porque ninguém dentro desta casa sabe COMO trocar uma lâmpada. São um bando de IMPRESTÁVEIS!!! Eles nem percebem que ela queimou. Podem ficar em casa no escuro por três dias antes de notar que a BOSTA da lâmpada não funciona mais!!! E quando eles notarem, vão passar mais cinco dias esperando que EU troque a lâmpada... porque eles simplesmente acham que EU sou A escrava de plantão!!! E no momento em que se derem conta de que eu não vou trocar a lâmpada, eles ainda vão ficar mais DOIS dias no escuro porque não sabem que as lâmpadas novas ficam dentro da MALDITA despensa. E se por algum milagre eles encontrarem as lâmpadas novas, vão arrastar a MERDA da poltrona da sala até o lugar onde está a lâmpada queimada e vão arranhar o piso todo. E sabe por quê??? Porque são INCAPAZES de saber onde a escada fica guardada. Já que é inútil esperar que eles troquem a PORCARIA da lâmpada, então serei EU mesma quem vai trocá-la!!! E some da minha frente...

Autoria desconhecida – internet

A mulher é uma perereca rodeada de problemas.

Citado pelo cantor Falcão

Uma mulher perde 90% de sua capacidade de raciocínio quando se divorcia.

Citado por Paulo L. de Lara Júnior

Por que as mulheres não querem mais se casar?
Porque não é justo! Imaginem, por causa de 100 gramas de linguiça, tem que levar o porco inteiro!!!

Citado por Juliana Staub, a minha amiga "Ju"

Não conheço seu ex-marido, mas... já começo a me solidarizar com ele!

L. A. Dias da Silva

O fracasso é a oportunidade de se começar de novo inteligentemente.

Henry Ford

O segundo casamento é o triunfo da esperança sobre a experiência.

Samuel Johnson

Na paz, esteja preparado para a guerra.

Filosofias da Máfia

O sucesso do casamento requer algo mais importante do que encontrar a pessoa certa: é ser a pessoa certa.
Constancio C. Vigil

A mulher é, para o marido, tal qual ele a faz.
Honoré de Balzac

A pior maneira de sentir saudades de alguém é estando sentada bem ao lado dele.

Mulheres podem ser capazes de fingir orgasmos. Já os homens podem fingir relacionamentos inteiros.
Sharon Stone

"O casamento", dizia minha mãe, "é como a pesca em alto-mar: a gente só sabe o que fisgou depois de puxar pra dentro do barco."
Dick Bothwell, no Times, de St. Petersburg

– Pai, é verdade que em alguns países orientais o homem não conhece sua esposa até se casar com ela?
– É… aqui também é assim, filho!!!

Mesmo depois do leite derramado, é importante pensar que a vida continua e a vaca não morreu.
Eno Teodoro Wanke

Tão incompetentes quanto o anjo da guarda dos Kennedy.
Millôr Fernandes

Entrei para os casados anônimos. Quando me dá vontade de casar, eles me mandam uma mulher de roupão e rolinhos no cabelo, pra me queimar as torradas!
Dick Martin

O problema de morar sozinho é que sempre é a nossa vez de lavar a louça.
Al Bernstein

Castidade. A mais anormal das perversões sexuais.

Sexo não tem nada a ver com amor. Tanto isso é verdade que o meu chefe me fode há anos e nem por isso eu tenho amor por ele.

Sexo é como um jogo de cartas: se você não tem um bom parceiro, é melhor que tenha uma boa mão!
Citado pelo meu amigo Fabiano Neves

Masturbação é fazer amor com quem você mais ama.
Woody Allen

Masturbação é fazer justiça com as próprias mãos.
José Simão

O único homem que realmente não pode viver sem mulheres é o ginecologista.
Arthur Schopenhauer

Eu sou totalmente a favor da mãe solteira, porque sou frontalmente contra o pai casado.
Millôr Fernandes

Idade ideal para um homem se casar:
Aos 17 anos – 25 anos.
Aos 25 – 35.
Aos 35 – 48.
Aos 48 – 66.
Aos 66 – 17.

Idade ideal para uma mulher se casar:
Aos 17 anos – 17.
Aos 25 – 25.
Aos 35 – 35.
Aos 48 – 48.
Aos 66 – 66.

As únicas pessoas realmente felizes são mulheres casadas e homens solteiros.

Marlene Dietrich

É impossível acreditar que o mesmo Deus que permitiu a Seu próprio filho morrer solteiro, encare o celibato como um pecado.

Henry Louis Mencken

É melhor seguir carreira solo do que fazer uma dupla caipira.

Citado pela minha amiga Tarin

Se você ainda não encontrou a pessoa certa, divirta-se com as erradas!!!

Uma das coisas mais importantes da vida é poder dar um pouco de si a uma outra pessoa.

A única forma de multiplicar a felicidade é dividi-la com alguém.
Ana Luísa Moreira Dias

O casamento é um jogo especial: ou ganham os dois, ou ambos perdem.
Grit

Para um casamento ser feliz não deve haver dois caminhos; o que deve existir é o caminho de ambos, algumas vezes esburacado, poeirento, difícil, mas lembre-se, sempre o caminho dos dois.
Adaptado de uma frase de Phyllis McGinley

A sentença mais razoável já proferida sobre a questão do celibato e do matrimônio é a seguinte: seja qual for a decisão que tomares, acabarás arrependido.
Chamfort

E, desde o começo, assim é esta instituição: os que estão dentro querem sair e os que estão fora querem entrar.
Ralph Waldo Emerson

SÓ DOIS TIPOS de pessoas querem se casar atualmente: bichas e padres.
Plínio Marcos

PELO JEITO QUE a coisa vai, em breve o terceiro sexo estará em segundo.
Stanislaw Ponte Preta

Se o homossexualismo fosse normal, Deus teria criado Adão e Ivo.
Anita Bryant

Para bom entendido, meia piroca basta.
Casseta e Planeta

Homem que fura a orelha, pra furar o "botox" é um pulinho!!!
Citado por Mauro Singer

Se é, eu não sei, mas se der na mão, ele segura!!!

É o "homem mormaço": parece que não, mas queima.

O "garoto kiwi": peludo por fora e frutinha por dentro.
Citado por Patrícia da S. Lopes

...são amigos de ânus!

Os Estados Unidos são mesmo um país grande e generoso. Em que outro lugar um rapaz negro e pobre como Michael Jackson poderia ter se transformado numa mulher branca e rica?
Red Buttons

… essa tábua leva prego.

Adoro lésbicas. Só não quero que minha filha se case com uma delas.
Mort Zuckerman

Não tenho nada contra o homossexualismo, desde que não se torne obrigatório.

Você não pode falar assim comigo. Sou uma lady, porra!

SEXO ORAL: mêtalinguagem.
Millôr Fernandes

O CHATO E A PULGA foram apresentados num barzinho em Curitiba. Beberam várias cervejas e deram início a uma alcoólica e promissora amizade. Quando estavam suficientemente embriagados e prestes a partir, a pulga, já com uma cara de moribunda, olhou para o chato e disse:
– Chato, você é um cara muito gente fina, mas infelizmente eu tenho que ir.
– Que é isso, pulga, você sim é que é demais. Nunca conheci uma mulher tão gente boa quanto você. Olha, eu vou te fazer uma proposta. Que tal a gente tomar umas amanhã?
– Beleza, tô dentro. 11 horas estarei no bar te esperando.
– Tá combinado… 11 horas…
A pulga então pulou sobre um vira-lata que passava em frente ao boteco, enquanto o chato, bêbado, se jogou no saco dum indivíduo que transitava tranquilamente pela calçada.
Na noite seguinte, a pulga compareceu ao bar conforme o combinado. Onze e meia, meia-noite, uma da manhã, e nada do chato aparecer. Indignada, restou a ela tomar a tradicional "saidera" e ir embora.
Uma semana depois, estava a pulga na bodega tomando outra cervejinha, quando de repente olhou para o lado e lá estava ele, o chato. Ela então se aproximou e soltou o verbo:
– Hei… Como é que você pôde me deixar esperando que nem uma idiota durante duas horas, sozinha, num bar?
O chato imediatamente interrompeu:
– Olha, pulga, eu sei que você deve estar "P" da cara, mas, se eu te contar o que me aconteceu, você não vai acreditar. Lembra que aquela noite a gente encheu a cara até altas horas, aí nós nos despedimos e eu pulei no saco de um cara? Pois é, acabei pegando no sono e, quando acordei… tava no bigode dum gaúcho, lá em Porto Alegre!!!

Não há nada mais chato do que duas pessoas que continuam falando quando você está interrompendo.

Mark Twain

Chato:
Uma pessoa que fala quando você quer que ela ouça.

Ambrose Bierce

Ele é o tipo de homem que acabará morrendo em seus próprios braços.

Mamie Van Doren, a respeito de Warren Beatty

É tão metódico que se tomar uma sopa de letrinhas é capaz de cagar em ordem alfabética!!!

É o único sujeito que consegue estar só e mal acompanhado.

Um chato é uma pessoa que nos priva da solidão sem nos fazer companhia.

John D. MacDonald

Ria, e o mundo rirá com você. Ronque, e dormirá sozinho.
Anthony Burgess

O problema do direito de ir e vir é que tem sempre um chato que teima em ficar.
Millôr Fernandes

Quem geralmente diz "estamos todos no mesmo barco" é aquele sujeito que é dono do único salva-vidas a bordo da canoa furada.
Fraga

Tão desconfiado como uma viúva rica.
Joseph Epstein

Quem já se queimou com sopa, sopra até o iogurte.

Pessimista:
Alguém que se queixa do barulho quando a sorte lhe bate à porta.
Farmer's Digest

Um pessimista é alguém que olha dos dois lados antes de atravessar uma rua de mão única.
Laurence J. Peter

UM SUJEITO ENCONTRA UM AMIGO que não via há muito tempo e, querendo ser simpático, inicia a conversa:
— E aí Paulinho, tudo bem?
— Péssimo, responde o outro.
— Mas como? Com aquela Ferrari que você tem, não pode estar tão ruim assim!!!
— A Ferrari!? Perda total... e o seguro tinha acabado de vencer.
— Bem, vão-se os anéis, mas ficam os dedos. E o filhão, como vai?
— Estava dirigindo a Ferrari e acabou morrendo.
Então o cara tenta fugir daquele assunto tão trágico:
— E aquela sua filha linda, que mais parecia uma modelo?
— Pois é, estava junto com o irmão e agora está toda arrebentada. Apenas a minha mulher não estava no carro.
— Graças a Deus! E ela, como vai?
— Fugiu com o meu sócio.
— Bem, pelo menos a empresa ficou só pra você!!!
— Sim, falida. Totalmente falida. Estou devendo milhões!
— Poxa vida, então vamos mudar de assunto... e o seu time?
— Tá mal, meu time está caindo para segundona!
— Pelo amor de Deus, Paulinho! Será que você não tem nada de positivo?
— Sim, tenho... HIV!!!

Autoria desconhecida – internet

Por maior que seja o buraco em que você se encontra, pense que, pelo menos por enquanto, ainda não há terra em cima!!!

O sujeito era tão azarado, mas tão azarado que, se tivesse que encontrar uma agulha no palheiro, era só sentar nele!
Citado por Max Nunes – Programa do Jô

...aí é "caixão e vela preta".
Citado por Dionísio Filho

Às vezes eu tenho a impressão de que meu anjo da guarda está gozando licença-prêmio.
Stanislaw Ponte Preta

Sem sorte não se come nem um Chicabom. Você pode engasgar-se com o palito ou ser atropelado pela carrocinha.
Nelson Rodrigues

Nada é tão ruim que não possa piorar.

Um tropeção pode evitar uma queda.
Thomas Fuller

Se chiar resolvesse, sal de frutas não morreria afogado.
Casseta e Planeta

Não adianta reclamar; o último pingo sempre é da cueca.

Pessimista é o sujeito que usa cinto e suspensório.
Claire Jordan

Sofre mais que mãe de ouriço.
Citado por Eduardo Mercer

O otimista acha que este é o melhor dos mundos. O pessimista tem certeza.
Jacob Robert Oppenheimer

Se um dia a vida lhe der as costas… passe a mão na bunda dela!

Otimismo:
A nobre tentação de ver demais em tudo.

Gilbert Keith Chesterton

O NÚMERO "SETE" sempre esteve presente em sua vida. Eis que, no dia 7/7/1977, ele involuntariamente acordou às sete horas da manhã. Era a data de seu aniversário. Tomou um banho e solicitou um veículo ao Radiotáxi. Enquanto o automóvel se aproximava, percebeu que a placa era 7777. Entrou no carro e, chegando ao local de destino, perguntou quanto havia dado a corrida. R$ 7,77. Quanta coincidência! Foi então que tomou a fatídica decisão. Dirigiu-se ao banco, retirou todo seu dinheiro e, movido pela certeza e pela ganância, rumou ao hipódromo. Lá chegando, procurou o local de apostas e, sem hesitar, apostou tudo que tinha no cavalo de número sete que iria correr no sétimo páreo. Não deu outra. Chegou em sétimo lugar.

Meu sexto sentido é uma maravilha. Agora, os outros cinco... são uma bosta!

Não tenho superstições. Ser supersticioso dá azar.
Millôr Fernandes

A esperança é um urubu pintado de verde.
Mário Quintana

Em qualquer empreendimento, multiplique os aspectos negativos de suas perspectivas por dois e divida os aspectos positivos pela metade.
Filosofias da Máfia

O otimista não sabe o que o espera!
Millôr Fernandes

A luz no fim do túnel pode ser a de um trem em sentido contrário.
Robert Lowell

Carma:
Jeito mineiro de pedir paciência.

Fazendo muita merda é que se aduba a vida.

Um dos segredos de uma vida feliz é a sucessão de pequenos prazeres.
Íris Murdoch

Em cada minuto de tristeza, você perde 60 segundos de alegria.

Somos o passado do futuro.
Mary Webb

Que pena, agora já é depois. Muito tarde!

O futuro é hoje e, se não corrermos, terá sido ontem.
Oscar Lorenzo Fernandes, citado por Roberto Campos em "O Globo"

Pense no futuro. É lá que você vai passar o resto da sua vida.

O dia de amanhã ninguém usou. Pode ser seu.
Pagano Sobrinho

Seu futuro depende de seus sonhos. Então, vá dormir!

Até o pior dos livros tem uma página boa.
A última.
John James Osborne

É ISSO AÍ caro leitor. Acabou. Já era. Ambos cumprimos nossas missões. Eu, selecionando algumas frases engraçadas para convencer você a degustar o livro por inteiro, e você, lendo e interpretando pacientemente o conteúdo dele. É o que eu chamo de uma parceria. Espero sinceramente que tenha sido tão bom pra você quanto foi para mim.
O problema é o seguinte: particularmente, detesto despedidas e, exatamente neste momento em que deveria estar apto a criar um final envolvente e simpático para o livro, encontro-me lamentavelmente entristecido pela nossa repentina separação. E, o que é pior, desprovido de grandes inspirações. O que me resta fazer, dadas as circunstâncias, é usufruir um pouco mais da criatividade alheia para poder também finalizar esta "obra de arte", restando-me apenas para tal parafrasear Cláudia Rodrigues Alves, que certa vez afirmou que… "é melhor um fim horroroso do que um horror sem fim".
Captou?!

Um grande abraço e até a próxima.

AJUDE A DIVULGAR ESTA OBRA COMPARTILHANDO NAS REDES SOCIAIS.

www.cocegaseditora.com.br
www.facebook.com/cocegaseditora

Leia do mesmo autor:
Na tristeza e na alegria, o que mata é o dia a dia.

Na tristeza e na alegria, o que mata é o dia a dia.
Do Matrimônio ao Pandemônio.

José Francisco de Lara

ÍNDICE

Introdução _____ 1 a 3

Briga; caridade; breguice;
traição; respeito; hipocondria;
Brasil; crise _____ 4 a 5

Humildade; modéstia;
status; fumo; drogas; calvície;
racismo; religião; argentinos _____ 5 a 13

Sogra; genro; feiura _____ 14 a 21

Homem; homens X mulheres;
mulheres X homens;
bola-fora feminina; seios;
mulheres X mulheres _____ 22 a 33

Papo cabeça; prolixidade;
comida; visitas; arquitetura;
críticos; crítica _____ 34 a 40

Controle de natalidade;
cultura; estudo; ignorância _____ 40 a 46

Adolescência; filhos; avareza;
dinheiro; empréstimos; dívidas;
suborno; riqueza; pobreza;
trabalho; suicídio; indolência;
indignação social _____ 46 a 66

Velhice; terceira idade; morte;
vida; juventude _____ 66 a 74

Egoísmo; obesidade; dieta; magreza _____ 74 a 80

Mulheres capitalistas X homens;
sabedoria; culpa; esquecimento;
ambição; negócios; cliente;
japonês _____ 80 a 87

Cantadas; fidelidade; chifre; ciúme;
passado de mulher; greve de sexo;
violência; covardia _____ 89 a 101

Loucura; psicanálise; indecisão;
burrice _____ 101 a 107

Computador; Brasil; mulheres
idosas e de meia idade;
impotência sexual; bunda;
conformismo masculino;
bebida; abstinência alcoólica _____ 108 a 120

Antiditados; estatísticas; hipóteses _____ 120 a 123

Mulheres perdidas; frigidez;
abstinência sexual; relatividade;
meteorologia _____ 124 a 126

Poder; vida pública; justiça;
Congresso; democracia; liberdade;
política; advogados; segredo
nos negócios; boa reputação _____ 126 a 138

Teimosia; mentira; imbecilidade;
idiotice _____ 138 a 142

Lentidão; futebol; inveja; amor _____ 143 a 147

Casamento; divórcio; TPM;
tarado; castidade; sexo;
masturbação _____ 147 a 166

Homossexualismo; o chato;
pessimismo; sorte; otimismo;
superstição; futuro_____166 a 180

Despedida_____181 a 183

AGRADECIMENTOS

Agradeço primeiramente a Deus e aos meus pais Paulo Luiz de Lara e Maria José K. de Lara. Estendo também minha sincera gratidão a todos aqueles que de alguma maneira contribuíram direta ou indiretamente para a realização deste livro. São eles: Biblioteca Pública do Estado do Paraná, Ministério da Cultura, Fernanda P. Alberti, Silvio G. Fernandes, João A. de Lara, Eduardo Mercer, Roger Pensutti, Pierre A. Boulos, Roberto K. Arioli, Juliana Staub, Karla Catta Preta, William M. Boulos, Janine P. Araújo, Elza Elvira Zucon, Lineu Ferreira, Alex Sander Branchier, Heroldes Bahr Neto, Guilherme C. Cavalheiro, Salvador e Vera Maida, José Elifas Gasparin Júnior, Cassio Luiz W. Meyer, Enrico Batista da Luz, César A. Marchesini, Silmara Krainer Vitta, Nelson Martinez Cebrian, Kiko Schneider, Fabiano Neves, Elison Torres, Patrícia da S. Lopes, Washington Simões, assim como todos os demais amigos citados e imortalizados nas páginas desta coletânea.

Valeu.

REFERÊNCIAS BIBLIOGRÁFICAS

Agenda Arte 2006 – Gerson Guerra

Almanaque Brasil de Cultura Popular de abril de 2002

Amor de Mau Humor, O – Ruy Castro – Companhia das Letras – 1991

Anotações (1) Os gênios Disseram. Respostas, Conceitos e Pensamentos com Sabor de Gênio – Armando Oscar Cavanha – 1999

Anotações (2) Excertos de Leitura de Filósofos e Cientistas – Armando Oscar Cavanha – 1999

Antologia do Pensamento Mundial V.5 – Nádia Santos e Yolanda Lhullier Santos – Editora Lagos – 1959

Avantajado Livro de Pensamentos do Casseta e Planeta, O – Objetiva – 2001

Caderno H – Mário Quintana – Editora Globo – 1973

Cancioneiro Jobim – P. Jobim...et al. – Jobim Music: Casa da Palavra – 2000

Cinquenta Piadas. Profissões – Donaldo Buchweitz – Ciranda Cultural

Como Enlouquecer Uma Mulher... e Fazê-la Subir Pelas Paredes – Editora 34 – 1993

Como Fazer Amigos e Influenciar Pessoas Contando Piadas – Paulo Tadeu – Matrix Editora – 2002

Duailibi das Citações. Mais de 9.000 Frases, Ditados, Máximas, Slogans e Provérbios. 3500 Fontes e Autores. 1.200 Diferentes Temas Compilados e Organizados por Roberto Duailibi – Roberto Duailibi – Mandarim – 2000

Feira de Pensamentos – Armando Oscar Cavanha – 1999

Filosofia dos Para-choques – Mauro de Almeida – A. C. Fernandes Editor – 1974

Flor de obsessão – As 1000 melhores frases de Nelson Rodrigues
Seleção e organização Ruy Castro – 1997 – Companhia da Letras / Editora Schwarcz Ltda

Frases Geniais que Você Gostaria de Ter Dito – Paulo Buchsbaum – Ediouro – 2004

Fundo do Baú – Eduardo Mercer – 1999

Gazeta do Povo de 20 de março de 2005

Grilos Clecs – Eno Teodoro Wanke – Editora Alcance – 1991

Homem ao Zero, O – Leon Eliachar – Expressão e Cultura – 1968

Ironias de Celebridades – Izidoro K. Weber – 1984

Levanta Que o Leão é Bravo – Anco Márcio – Editora Brasília

Livro Vermelho dos Pensamentos do Millôr – Millôr Fernandes – Editora Nórdica – 1973

Mais Belos Pensamentos de Todos os Tempos V.1, Os – Mansour Challita – Acigi

Mais Belos Pensamentos de Todos os Tempos V.5, Os – Mansour Challita – Acigi

Máximas e Mínimas do Barão de Itararé – Apparício Torelly – Record – 1985

Máximas Inéditas da Tia Zulmira – Stanislaw Ponte Preta – Sérgio Porto – Editora Codecri – 1976

Máximas Para Negócios e Sua Vida Pessoal – Thales Guaracy – Editora Negócio – 1997

Melhor do Mau Humor, O – Ruy Castro – Companhia das Letras – 1990

Melhores Pensamentos do Mundo Sobre Sexo e Sexualidade, Os – Eugene Raudsepp – Cedibra – 1981

Millôr Definitivo. A Bíblia do Caos – L&PM – 1994

Notas de Leitura – Franco de Carvalho – 2000

800 provérbios – uma antologia do pensamento mundial – Eduardo de Alencar

Olhe Além de Si Mesmo – Geraldo Stédile – Evangraf – 1991

Oscar Wilde – Aforismos ou Mensagens Eternas – Landy Editora – 2000

Para-choques. A Filosofia do Caminhoneiro – Amir Mattos – Editora Leitura – 2001

Pensamentos de Otimismo Para o Dia a dia – M. D. Bastos

Pensamentos Sobre a Arte de Viver – José Paulo Paes – Editora Cultrix

Perry White – O Planeta Diário – Editora Núcleo 3 – 1986

Phrase Book 1 – Roberto Duailibi – Mandarim

Phrase Book 2 – Roberto Duailibi – Mandarim

Phrase Book 3 – Roberto Duailibi – Mandarim

Phrase Book 4 – Roberto Duailibi – Mandarim

Phrase Book 5 – Roberto Duailibi – Mandarim

Piadas de Sacanear Atleticano – Dante Mendonça e Luís Pimentel – Travessa dos Editores – 2005

Poder de Mau Humor, O – Ruy Castro – Companhia das Letras – 1993

Prospecção de Sua Riqueza Interior – Roberto Scarano – João Scortecci Editora – 1997

Punidos Venceremos – Fraga – Editora Tchê! – 1984

Quintal da Minha Casa é um Bar, O – Eduardo Mercer – 2001

Razões para bater num sujeito de óculos – Frases que você deve achar engraçadas, com exceção de uma que eu fiz a seu respeito – Eugênio Mohallem – Editora Planeta – 2004

Revista Caras de 18/02/2000, 17/03/2000, 7/04/2000, 5/05/2000, 19/05/2000, 23/06/2000, 6/07/2001, 27/07/2001, 17/08/2001, 21/09/2001, 11/01/2002, 18/01/2002, 8/02/2002, 26/04/2002, 15/05/2002, 21/06/2002, 01/10/2004, 05/2005

Revista Época de 18/01/1999, 15/03/1999, 22/03/1999, 9/04/2001, 23/04/2001, 05/2001, 25/06/2001, 2/07/2001, 16/07/2001, 30/07/2001, 1/10/2001, 22/10/2001, 5/11/2001

Revista Exame de 21/03/2001

Revista Seleções de abril, maio e julho de 1988; janeiro, fevereiro, abril e dezembro de 1989; março, abril, maio e novembro de 1990; janeiro e maio de 1991; maio, novembro e dezembro de 1992; março e agosto de 1994; abril, maio e setembro de 1995; abril, junho, agosto e outubro de 1996; junho, julho, agosto e outubro de 1997; janeiro, março e maio de 1998; janeiro e março de 1999; maio de 2004

Vida – Sansores França – 1996

Vida Introspectiva – Ivan Claret Marques Fonseca.

NOTA NECESSÁRIA

Os textos que não trouxeram a referência de autoria ou citação foram, em grande parte, compilados de e-mails recebidos pela internet. São máximas, provérbios, frases, pensamentos e ditados populares de autoria desconhecida do compilador da presente obra. Fica aqui manifestada a boa-fé de que, caso alguém reclame a autoria de algum dos textos supracitados, o nome do mentor será prontamente inserido nas edições futuras à apresentação da referida reclamação – desde que documentalmente comprovado o fundamento do pleito.

Vale ressaltar que o compilador em questão detém única e exclusivamente os direitos autorais da obra como um todo, o que não faz dele possuidor de direitos quaisquer sobre conteúdos isolados dela. O certificado de Registro ou Averbação fornecido pela Fundação Biblioteca Nacional protege a literalidade do trabalho apresentado, e não as ideias nele contidas.

Registro para o mesmo fim esclarecedor que a Lei nº 9610 de 19 de fevereiro de 1998, em seu art. 45, inciso II, cita que pertencem ao domínio público as obras de autores desconhecidos, ressalvada a proteção legal aos conhecimentos étnicos e tradicionais. A mesma lei, em seu art. 46, versa que não constitui ofensa aos direitos autorais: Inciso III – a citação em livros, jornais, revistas ou qualquer outro meio de comunicação, de passagens de qualquer obra, para fins de estudo, crítica ou polêmica, na medida justificada para o fim a atingir, indicando-se o nome do autor e a origem da obra; inciso VIII – a reprodução, em quaisquer obras, de pequenos trechos de obras preexistentes, de qualquer natureza... sempre que a reprodução em si não seja o objetivo principal da obra nova e que não prejudique a exploração normal da obra reproduzida nem cause um prejuízo injustificado aos legítimos interesses dos autores.